U0044290

風雲時代

風雲時代

這一代的武林

《玖 藏龍臥虎》

張小花——著

【目錄 Contents】

第一章

各奔前程

這時江輕霞也來和眾人告別。郭雀兒笑道：「你第一次上峨眉的時候還是個名不見經傳的小子，現在都混成我們老大了。」接著在他肩頭拍了一把道：「再見了，老大。」

峨眉三姐妹便也作別眾人下山去了。

王小軍話音未落，門口有人忽然鼓起掌來。眾人回頭一看，見一老一少兩個人走了進來，兩個人都身穿警服，那個老員警一邊鼓掌一邊走上主席臺，大聲道：「王小軍說得好，重點在於『不犯法』三個字。」

這兩個人王小軍都認識，老的那個是在峨眉山下見過一面的吳峰，年輕的則是鐵掌幫棄徒齊飛。下面也有不少人認識吳峰，紛紛小聲議論。

吳峰衝王小軍伸出手道：「才幾天不見，當上武協主席了？」

王小軍和他握了握，赧然道：「當不好，瞎當。」

齊飛見了王東來後，一時不知該怎麼稱呼，只好低聲道：「王老前輩好。」

王東來問吳峰：「以往武協大會，民武部按例是不參加的，這次怎麼想起湊這個熱鬧了？」

吳峰道：「我們這次來，是為了調查綿月及其手下盜竊勒索一案，我聽說綿月為了達到不可告人的目的，偷竊了在座不少人的寶貝要脅大家，有人要舉報他嗎？」

下面無人說話，丟了東西的王青和錢小豪也神情淡定，彷彿事不關己。

吳峰又問了一遍，還是沒人搭腔，齊飛在王小軍身後小聲道：「小軍，你說句話。」

王小軍笑嘻嘻道：「我沒什麼好說的，我也不提倡打架打輸了就跟老師告狀，這件事我們自己會解決的。」

吳峰嘆了口氣道：「王小軍，你說話辦事越來越像江湖人了。」

王小軍道：「這算誇我還是罵我？」

吳峰示意王小軍跟他來到角落裡，然後低聲道：「綿月組一個新的協會，好讓武林人更多地參加到社會中來，這事你知道多少？」

王小軍道：「不比你多，我也是剛知道，他們的新協會叫民協。」

吳峰道：「你對此有什麼看法？」

王小軍道：「他要不是為了新協會拆老協會的臺，我本來沒什麼看法，他還邀請我加入他的協會呢。」

吳峰道：「你為什麼沒有去？」

王小軍聳聳肩：「我這兒還有一攤子事要處理呢。」

吳峰道：「是因為你跟余巴川勢不兩立吧——如果排除余巴川的原因，你會不會加入民協呢？」

王小軍納悶道：「你今天問題很多呀，我能問問你為什麼這麼問嗎？」

吳峰道：「綿月的新協會很有煽動性，加上過去的武林確實死水一片，我承認民協對咱們江湖人是有吸引力的，別說你，連我乍聽都很心動。」

「你怎麼知道我心動過？」

吳峰道：「因為我第一次見你的時候，就知道你是個有骨氣有血性的年輕人，而且通過那件事我就知道，武協未必適合你，它的條條框框太多了。」

王小軍一笑道：「我已經給改了。」

吳峰道：「雖然你是個好孩子，但你來當武協的主席我還是不放心。」

「為什麼？吳老總有話還是直說吧。」

吳峰道：「不要憑衝動做事，我希望你以後做每個決定前都能三思而後行，以前的武協縱然迂腐、消沉，但我從不擔心它出軌，從這個角度上說，我們更懷念你爺爺的時代。」

王小軍道：「你放心，在我的領導下，武協一定會很快解散的。」

吳峰一笑道：「好了，我看出我們在這裡不受歡迎，我要跟你說的話也說完了，關於綿月的事，你有什麼新線索，麻煩隨時跟我聯繫。」

吳峰一招手，帶著齊飛又從大門走了出去。

王東來目光灼灼道：「我說綿月怎麼突然跑了，原來是被條子盯上了。」

王小軍驟然鬆懈道：「他們可算幫了大忙了，不然……」

王石璞上前拉住王東來低聲道：「師父，您沒事吧？」

王東來看了他一眼道：「你都知道了？」

王石璞低頭道：「是。」

王小軍問陳覓覓：「你猜出來沒？」

陳覓覓凝重地看了王東來一眼，遲疑道：「老爺子，您不會是把功力都傳給小軍了吧？」

唐思思捂嘴道：「那你以後發起狂來，會不會把我們都打死？」

這時就聽有人大聲道：「思思！」

唐思思嚇了一跳，一回頭原來是唐德在喊她。

老頭本來是背著手施施然走過來的，這時見了王小軍，忽然抱了抱拳道：「小王主席！」

王小軍嬉皮笑臉道：「快別鬧了。」

唐德無語，又和王東來等人打過招呼，這才問唐思思：「你大哥這幾天都沒和你聯繫嗎？」

唐思思道：「沒有啊。」

王小軍拍頭道：「對了，還有這麼一碼子事呢，青青也失蹤好幾天了。」

唐德沉吟道：「奇怪，不見了的都是些年輕高手——」他一眼掃見點蒼派的瓦督，於是高聲道：「瓦幫主，丁青峰後來跟你通過電話嗎？」

瓦督沉著臉道：「以我徒弟的本事，想也不會出什麼意外，我才懶得管他。」他衝王東來匆匆一點頭道，「王幫主，我這就告辭了。」說著也不管別人，逕自走了。

唐思思忽然道：「我大哥他們是在少林失蹤的，咱們這就去少林要人吧！」

唐德扭頭問周佳：「小佳，你怎麼看？」

周佳經過武協大會上揭穿綿月一事，儼然成了唐門的智囊，別說唐德，就連別的門派的人這時見了周佳都是敬佩三分，這女子不會半點武功，但有勇有謀，膽氣胸襟不輸給任何男人。

周佳道：「綿月做事滴水不漏，咱們去少林只怕要空跑一趟，要是平時也就罷了，現在唐傲急需回去療傷，我看這個苦差還是讓年輕人去幹吧。」

唐傲臉色蒼白，竟連話也不能多說。

王小軍下意識地拉住唐傲的手道：「傲兄，你怎麼樣？」

然而他的手剛和唐傲的皮膚一碰，就覺唐傲手上冷不丁傳來一股裹挾著陰冷之意的內力，王小軍這時體內功力澎湃，一遇外襲自然而然地迎了過去，兩股內力一撞，彼此糾纏了片刻，唐傲體內的陰寒瞬間瓦解，那股陰寒內力卻趁機鑽入王小軍的經脈，但在王東來六十年狂濤駭浪功力的猛攻下，剛入體即消散如灰。

唐傲和王小軍同時打了個激靈，一起道：「好爽！」

唐思思看了眼陳覓覓，小心翼翼地問道：「二哥小軍，你倆……幹什麼呢？」

原來唐傲自從受了沙麗那一掌之後，體內一直被這股陰寒的內力困擾，直到王小軍幫他化解。鐵掌幫的內功至陽至剛，此刻身體裡就像被烈日炙烤；而王小軍吸收了王東來六十年內力，是身在熱中不知熱，這會有了這一絲陰寒的中和，也感到十分舒暢，所以兩個人都暗爽不已。

唐傲神色大暢，道：「多謝小軍。」

唐德看了王小軍一眼道：「綿月肯定不會善罷甘休，你們以後多加小心吧，歡迎你們到唐門做客。」他忽然湊過來小聲道：「我聽你的話，在唐家堡安了不少落地窗，現在果然亮堂多了。」

王小軍大笑。

唐德又看了看胡泰來道：「小子，你過來！」

胡泰來不知道老頭找他有什麼事，只得陪小心道：「唐老前輩吩咐。」

唐德道：「我聽小佳說，你想追我孫女，那你可得多上點心，保護好思思不說，更不許欺負她，要讓我知道你對不起她，我們唐門所有的暗器都會招呼在你身上！」

胡泰來先是一憂，接著狂喜道：「我一定照顧好思思。」唐德這麼說就是同意兩人交往了，老胡再笨也不會錯過這種好機會。

唐思思跺腳道：「爺爺，我還沒同意呢！」

唐德無語道：「我又說錯話了？」

唐德惦記著給孫子養傷，帶著唐家人先行告辭。

經過這些事，其他人也都無心逗留，紛紛和王東來還有新上任的「主席」辭別。

王小軍送走一個又一個，眼見滿滿蕩蕩的禮堂漸漸冷清下來，不禁嘆道：「今年送走，不知道明年還能不能見到這些人。」

胡泰來怪道：「怎麼說這樣的話？」

王小軍道：「要是你見到一個資歷不如自己、什麼都不懂的毛頭小子當了主席，你還願意在這個地方待下去嗎？鐵掌幫本來名聲就不好，這下更落人口實了。」

王東來道：「你知道我為什麼非讓你當這個武協主席嗎？」

王小軍道：「為什麼？」

王東來道：「因為我功力盡廢的事情瞞得了別人，瞞不了綿月，尤其是你和他對了那一掌之後，他應該馬上就明白了。我把主席的位子讓給你，就是希望他捲土重來的時候，會因為這個身分對你出手時多些顧忌。」

王小軍這才明白爺爺的苦心，不禁道：「我現在又不怕他！」

王東來搖搖頭道：「憑你現在的武功還打不過他，以後見了他，你還是能跑多遠就跑多遠。」

王小軍道：「爺爺，你接下來有什麼打算？」

王東來道：「我這就和你大師兄回鐵掌幫看看，以後的事，就全靠你自己了。」

王小軍拉著王石璞的手道：「你趕緊去接待省長吧，記住，受傷就不要喝酒了。」

王石璞苦笑道：「現在公務員宴請已經不讓喝酒了。」

這時江輕霞也來和眾人告別，余巴川在武協大會上顏面掃地，再也不能威脅到峨眉派了，峨眉四姐妹可說是放下了一個大包袱，江輕霞走到王小軍身前道：「你們下了山準備去哪裡？」

王小軍眉飛色舞道：「當然是去少林派找老和尚理論，順便調查我師妹她們的行蹤。」

江輕霞嘆口氣道：「真想和你們浪跡天涯，可惜我頭上的帽子也不輕。」

王小軍道：「理解理解，同是天涯淪落人，以後余巴川再敢搞事你就跟我說，我馬上去打他。」

郭雀兒笑道：「你第一次上峨眉的時候，還是個名不見經傳的小子，現在都混成我們老大了。」接著在他肩頭拍了一把道：「再見了，老大。」峨眉三姐妹便也作別眾人下山去了。

這時劉老六不知從哪兒冒出來道：「覓覓我問你，你師兄有個兒子的事，是不是連你也不知道？」

陳覓覓道：「是的。」

劉老六又道：「那武當七子裡的人呢？」

陳覓覓道：「也沒聽他們說過，但從我靈風師兄的表現看，他也不知情。」

劉老六道：「這麼說來，這個揭你師兄老底的人，不但是武當派的，而且是元老級的人物，至少你師兄在跟你師父交代這件事的時候，他是在場的。」

陳覓覓恍然道：「沒錯！」接著皺眉道：「只是我當時還沒出生，這件事查起來就費勁了。」

劉老六道：「這條線索交給我去查，你們去幹你們的事就好了。」

陳覓覓感激道：「六爺，您為什麼對我們武當這麼照顧？」

劉老六道：「嗨，我閒著也是閒著嘛，一個人行走江湖也是需要曝光率的，不然我靠什麼騙吃騙喝？」老傢伙沾沾自喜道：「就衝這次武協，我又能賺到好幾年老本啦。」

眾人：「……」

王小軍大手一揮道：「事不宜遲，咱們這就各辦各的事去——而且要快！」

陳覓覓道：「這麼急幹什麼？」

王小軍道：「綿月已經跑了，有人跟咱們收房錢怎麼辦？」

當下眾人各自下山，王小軍他們仍是四個人一輛車，順著山路疾馳而下。雖然只是短短兩天，但發生了這麼多事，大家都像做了場夢一樣。

王小軍開著車剛下山，就見前面路邊有個老人孤零零地站在那裡等車，腳邊放著一個提包，這裡公車不經過，而且荒山野嶺的，私家車也很少，老頭也不知要等到什麼時候去了。

陳覓覓拍拍王小軍道：「開慢點，說不定是武協的朋友。」

王小軍放慢速度，那老頭聽到聲音，恰好把頭扭了過來，原來這人正是崆峒派掌門，或者說前掌門，沙勝！

車子停在路邊，車上的四雙眼睛盯著沙勝，沙勝的一雙眼睛則盯著王小軍。王小軍用低到只能車裡人聽到的聲音喃喃道：「小心，老傢伙心情不爽，別拿咱們當出氣包。」

雙方對視了片刻，沙勝消沉道：「你們走吧。」

王小軍剛想開車，陳覓覓道：「沙前輩去哪兒，我們送你一程吧。」

沙勝怒道：「你們把我送得還不夠遠嗎？」

王小軍道：「別訛人啊，彈劾你的是你孫女。」

沙勝被人戳了痛處，哼了一聲道：「滾！」

王小軍笑嘻嘻道：「那我們走啦，這地方一兩個小時也未必有車，看你的樣子不是趕火車就是趕飛機，不如你現在就打電話讓他們等等你，崆峒派掌門嘛，這點特權還是有的。」

沙勝一愣，沉著臉把提包扔到了後車箱，拉開車門道：「給我騰個地方。去機場。」

車子再次上路，車裡除了王小軍鼓搗導航的聲音，誰也不說話，一時陷入了尷尬。

就這樣一直開了十幾分鐘，最終還是王小軍受不了了，微微側頭看了一眼後視鏡道：「沙……前輩，談談你被自己人彈劾的感覺唄。」

陳覓覓碰了碰他，王小軍道：「你不好奇嗎？」

綿月、余巴川、沙麗如今是一丘之貉，而沙勝又是被沙麗搞下臺的，說明至少沙勝跟余巴川不是一夥的，所以雖然對沙勝沒啥好感，但已經談不上敵意，這也是王小軍肯載他一程的原因之一；最主要的，還是他想知道崆峒派裡到底發生了什麼事，江湖上都知道余巴川和沙勝以前是一個鼻孔出氣，他們為什麼會反目了呢？

沙勝冷冷道：「如果你這是作為武協主席發的命令，你可命令不著我這個前常委。」

王小軍道：「你別想太多，我就是好奇，現在我們跟你孫女勢不兩立了，從這個角度上說，咱們才是同一戰線的。」

沙勝沉默了良久，忽道：「你們相信孫立做的那些事，是我唆使的嗎？」

不等別人說話，陳覓覓就道：「我不相信。」

沙勝道：「為什麼？」

陳覓覓分析道：「這些都是下三濫的做法，目的就是為錢，我相信沙前輩這點底限還是有的，你要真是圖財，自己一個人做的把握更大，何必搭上整個門派？分贓不均不說，還容易暴露。再低級一點的，你完全可以把這些人革出門派再讓他們胡作非為，也不會留下把柄給人抓住。」

沙勝微微一笑道：「多謝小聖女高抬，想不到我還多了一個小知己。」

王小軍瞥了他一眼道：「你也太不矜持了，誰說你好話你就覺得誰是好人嗎？我一直都以為那就是你唆使的，不過覓覓這話說完，我也改主意了。」

陳覓覓不好意思道：「我也是在沙麗出現以後才慢慢想明白，自家人的彈劾比外人的指責力道更強，沙麗抓住這一點，給了沙前輩致命一擊，反而證明了沙前輩的清白。」

唐思思忍不住道：「沙麗為什麼要這麼做？如果說她只是想當崆峒派的掌門和武協的常委，好說好商量也不是不行，畢竟你是她爺爺。」

沙勝忽然長嘆一聲道：「那是因為我成了他們的絆腳石。」

眾人一起道：「什麼意思？」

沙勝頓了頓道：「一個月前，她就和我說過民協的事，她的原話是：她和『幾個朋友』想組一個全新的武林協會，我問她具體是誰，她又不肯告訴我，只問我在合適的時候願不願意助她一臂之力。」

胡泰來下注腳道：「所謂的朋友，其實就是綿月和余巴川。」

沙勝繼續道：「我當時沒有細想，以為就是年輕人一時異想天開胡鬧，就沒同意，不想她隔三差五地重提此事，而且越說越來事，我忍不住就訓斥了她一頓。」

王小軍道：「你為什麼不同意？」

沙勝慨然道：「我們學的是好玩意，但抱著功利心一定是要出事的！其實還是我不相信沙麗，她太年輕了，正是幹蠢事的年紀，我要是跟著她捲進去，崆峒派維持了這麼多年的局面怕也要不保。」

王小軍道：「你主要還是怕這個吧？」

唐思思道：「沙麗為什麼不告訴你這一切的幕後主使是綿月？」

陳覓覓插嘴道：「她遊說別的門派都可以這麼說，唯獨不能對沙前輩坦白——因為沙前輩是武協的常委，萬一不成功，武協的高層就會有所警覺，那就不是今天的局面了。」

眾人都點頭。

王小軍又道：「你跟余巴川不是好朋友嗎？他也不給你提個醒？」

沙勝道：「我跟余巴川能走到一起，是因為我們都對你爺爺有意見，他要另立門戶，我對他也就沒有利用價值了。」

王小軍問：「你是什麼時候發現自己被綿月算計了，或者這麼說吧，你能猜出幕後的人是綿月嗎？」

沙勝嘿然冷笑道：「我可沒你想得那麼笨，綿月一力主張你頂替你爺爺成為常委，我就感覺到不對勁了，這和尚無論是武功還是智謀，都是目前少林一等一的厲害人物，做這麼大的決定何以如此草率？結論只有一個——他是在為沙麗成為常委鋪路，果不其然，很快就證實了我的猜測。」

唐思思道：「那你怎麼當時不說呢？」

沙勝道：「我百口莫辯，又沒證據。」說到這，沙勝忽然沮喪道：「說到底，是不該有私心啊。」

王小軍道：「你有什麼私心？」

沙勝意識到失言，就此不再說話了。

陳覓覓直言道：「沙前輩，你不願意多瞭解沙麗和你說的新協會，是因為你覺得你有可能會成為武協的主席吧？」

沙勝吃驚道：「你……」

陳覓覓繼續道：「小軍的爺爺眼看勢必要被撤職，妙雲禪師和我師兄都是方外之人，你和他們同僚這麼多年，對他們的性格很瞭解，剩下的，江輕霞根本不足為慮，華濤論資歷也比不上你，你只要留在武協，主席的位子八成就是你的，所以你才不會理會什麼民協，這就是你所謂的私心吧？」

沙勝默然片刻道：「身在武協，誰不想當主席呢？」

王小軍愕然道：「那你處處和我為難幹什麼？」

沙勝咬牙道：「少些變數，少些意外。」

王小軍嘆氣道：「還以為你只是個傳統守舊派，到頭來還是勾心鬥角四個字。」

沙勝瞪眼道：「我說的那些話也是真心的。」

王小軍道：「好吧，我們這就和你孫女死磕去，要是成了，能還你個清白，要是不成……你就打打麻將養老吧。」

胡泰來道：「咱們就算找人死磕也得找個罪名吧？綿月他們只是想建個新協會而已，偷人寶貝的事，看樣子那些主人也沒打算追究……」

王小軍道：「綿月幹的雖然是偷雞摸狗的事，但他高就高在事後還一副是為了整個武林的樣子，最近這種真小人好像很吃香，幹了壞事，只要承認就能得到大家的原諒，武協裡的人，三觀真是有問題，作為主席我是不是該開門三觀課？」

陳覓覓嘆道：「江湖人就是這樣，吃了虧只要不裁面就不會記仇，綿月禮也賠了，歉也道了；而且歸根結底，他的目的是想拉攏這幫人，還讓這幫人覺得自己很重要，綿月這是把人心都算準了。」

這時已經到了機場，王小軍停下車問沙勝：「你是幾點的飛機？」

沙勝道：「時間剛好。」

王小軍納悶道：「你早就沒事了，怎麼現在才回去？」

沙勝吭哧了半天道：「打折機票，不能改簽。」

眾人恍然。

陳覓覓道：「沙前輩，那我們就不送你了，祝你一路平安。」

沙勝下了車，低頭看著車裡的王小軍，猶豫再三道：「王小軍，雖然沙麗陰了我，但我畢竟是她爺爺，萬一你和她動起手來……」

王小軍道：「明白，雖然她打架搞心機，但她是個好女孩——放心，我不會打死她的。」

沙勝本來想走，想了想，最終還是多說了一句：「孫立那個人你們也要小心，他很可能是綿月一夥的，他來幫中找我那次，繞圈子說了半天廢話，說不定就是他和沙麗設計好來抓我把柄的。」

唐思思道：「你當時為什麼不把他抓住？」

王小軍接口道：「要是老胡犯了事來找我，我最多只能勸他自首，難道真的跟他動手？」

沙勝點點頭，再不多說走進了候機室。

王小軍目光灼灼道：「如果孫立幹的事是綿月唆使的，那性質就不一樣了。不行，我一定要調查清楚，如果綿月只是想另立爐灶，我還可以睜一隻眼閉一隻眼，他要是真壞到這份上，我絕不放過他！」

唐思思道：「那我們現在去哪兒？」

王小軍邊開車邊道：「當然是去少林要人！」

陳覓覓道：「武協考核都是綿月搞出來的，他此時必然不會回少林，我看把我們這趟歸結成告狀更合適。」

王小軍聽了道：「沒錯，綿月這麼做，別人可以不追究，但少林應該給個說法，咱們這就找妙雲老和尚告狀去！」

說到去少林，王小軍可是輕車熟路，四個人不多時就到了少林派的大門前，與幾天前不同的是，這回紅色的大門緊閉。

王小軍上前拍了拍門，門一開，之前負責看門的那個小和尚走了出來，他見到王小軍後，一愣道：「王、王……」

王小軍不知道他到底想說什麼，納悶道：「旺旺雪餅？」

小和尚終於想起來，雙手合十道：「原來是王小軍施主。」

王小軍道：「小師父，請問妙雲禪師在嗎？」

小和尚道：「我們方丈也是今日剛回寺裡。」

「那太好了，我們想求見他老人家。」

小和尚低眉垂首道：「王施主來得不巧。」

王小軍納悶道：「不是說剛回來嗎，為什麼來得不巧？」

小和尚道：「抱歉，我們方丈向來不見外客。」

王小軍道：「我們見他是有要緊的事情要說。」

小和尚道：「我們方丈不見外客。」

王小軍道：「真的是很重要的事！」

小和尚仍是道：「不見外客。」

王小軍道：「那你告訴我，到底要怎麼樣他才肯見我們？」

·第二章·

藏龍臥虎

王小軍和匯通打了將近一百招，今天這一動手，才發現少林派真是藏龍臥虎，和對方交手的時候，恍惚中就覺身後似乎有座面目安詳的巨佛在誦念佛經，不禁有種無力感在慢慢侵蝕自己，就像自己真的在和佛祖對敵一樣。

小和尚似乎不想多說，直接退了回去就要關門，王小軍伸手抵在門上，

小和尚吃驚道：「王施主是想在少林寺動武嗎？」

王小軍笑嘻嘻道：「我們不是外客，你去告訴妙雲禪師，就說武協主席特來拜訪。」

小和尚又驚道：「武協主席？在哪裡？」

王小軍指了指自己：「我就是。」

小和尚訥訥道：「王施主不要開玩笑，武協主席不是……」

王小軍道：「以前是我爺爺，現在是我，你聽說過富二代富三代吧，我就是武三代！」

小和尚愣了愣道：「這樣的話……我只能先去通報一聲，見不見還要請方丈決定。」

「你去吧。」王小軍說著，就坐在了臺階上。

陳覓覓又好氣又好笑道：「哪有你這麼說話的？」

王小軍攤手道：「那你讓我怎麼說？說我能有今天都是自己的努力打拼來的？」

說話間，小和尚很快又跑了回來，推開大門道：「幾位裡邊請，方丈在

茶室恭候各位。」

王小軍大喜，喃喃道：「武協主席還有這樣的好處呢！」

在小和尚的指引下，幾個人進了裡面的院子，小和尚站在一扇門前合十道：「方丈就在裡面。」

王小軍推開門，就見一個頭上有戒疤的老和尚盤腿坐在一張矮几後，他對面擺了四個蒲團，茶几上則放著剛沏好的茶，小屋裡霧氣嫋嫋，恍若仙境。

王小軍一進來就客氣道：「太不好意思了，怎麼能讓禪師等我們幾個小輩呢？」

妙雲面帶笑意道：「我也沒特意等你們，我本來在這屋歇著，你們要見我，我就把你們叫到這來了。」

「呃……」王小軍頓時不知道該說什麼好了。

他見這老和尚身材瘦小，頷下有十幾根長而稀疏的鬍子也不打理，往臉上看，滿是皺紋和老人斑，跟一般的老和尚沒什麼兩樣。說實話，王小軍有點失望，對這種「沒氣場、沒大紅袈裟、沒睿智眼神」的三無世外高僧，他有點始料未及。他以為少林派掌門，就算沒有洞察一切的犀利，也該是那種看一眼就讓人覺得沾了佛光的大智之士，沒想到大名鼎鼎的妙雲禪師，看上去就像個在佛祖手下混了一輩子飯的老職工。

四個人挨挨蹭蹭地走進來，胡泰來首先躬身施禮道：「恭見禪師！」其他人也跟著亂七八糟地各自鞠躬抱拳打招呼。

妙雲擺手道：「都坐吧。」他看著兩個姑娘道：「你們倆誰是陳覓覓？」

陳覓覓趕忙道：「大師，我是。」

妙雲點點頭道：「哦，幾年前見過一面，認不得了，你師兄還好嗎？」

陳覓覓愕然，武當派出了這麼大的事，妙雲居然不知道，她低聲道：「我師兄他……最近攤上了煩心事，不過不勞大師掛懷……」

妙雲把手放在耳朵邊上道：「你說什麼？」

王小軍小聲道：「老和尚耳朵不太好使。」

陳覓覓無奈，大聲道：「我師兄他不好！」

妙雲似乎也沒有追問下去的意思，嘀咕了幾句，道：「誰是現在的武協主席？」

王小軍指了指自己，道：「是我，我叫王小軍，我爺爺是王東來。」

妙雲詫異道：「你爺爺直接把主席的位子扔給你了？」

王小軍赧然道：「是……當時情況特殊，也沒徵求您的意見。」

妙雲聽了恍然道：「我還以為你是因為想見我才隨口編了個謊，沒想到是真的。」

王小軍鬱悶道：「這兩天武協的事，沒人跟您說嗎？」

妙雲擺擺手道：「有人跟我說我也不想聽，不就是個應景的事嗎？往年我在會上不是打盹就是睡覺，尋思今年就別去出洋相了。」

王小軍道：「今年有件事您必須知道，綿月是您師弟吧？」

妙雲往下按了按手道：「你不用跟我喊，剛才我是走神了，我耳朵好著呢。」

王小軍頓時臉上一紅。

「呃……」妙雲似乎也在替他尷尬，道：「喝茶，喝茶。你剛才說我師弟怎麼了？」

「他組了一個和武協對立的協會叫民協，這事您知道嗎？」

妙雲搖頭道：「沒聽他跟我說過。」

王小軍道：「他當然不會跟您說，事實上，他今年代替您出席武協就憋著一個大陰謀——武林裡最近有很多門派都丟了寶貝的事，您想必也沒聽說？」

妙雲又茫然地搖頭。王小軍便把綿月和余巴川還有沙麗勾結起來組建民協等等的事說了一遍。

妙雲在傾聽過程中面無表情，聽完後淡淡道：「這件事……綿月幹得不太對啊。」

王小軍差點一口血噴出來，激憤道：「只是不太對嗎？」

妙雲嘿然道：「我看出來了，你們這是找我告狀來了。」

王小軍崩潰道：「您才看出來啊？」

妙云淡然道：「那你們希望我怎麼做呢？」

王小軍道：「出了這樣的叛徒，少林總得給武林一個交代吧？」

妙雲摸了摸光頭道：「你是想讓我出個聲明討伐他嗎？哎，這些年少林的事務都是綿月掌管，他的名氣不比我小，江湖上認識他的人比認得我的人還多，我沒看出來綿月的世俗心這麼強，道不同不相為謀，既然如此，看來我們的師兄弟緣分也要盡了。」

王小軍無語：「這就完啦？」

妙雲道：「難道你想讓我當面鑼對面鼓地找他打一架？我都快八十了，

他才四十多，我打不過他啊。」

此言一出，王小軍算是徹底服了，老和尚這是又玩起了「不生氣、不承擔、不理會」的三不政策。

胡泰來道：「禪師，您不管的話，武林裡就再無人能制得住他了。」

妙雲思索了片刻，問王小軍：「你爺爺不是回來了嗎？這麼說，關於他走火入魔的傳聞是假的？」

王小軍嘆道：「傳聞是真的，我爺爺他是頂著走火入魔的煎熬來到會場的，為的就是能嚇走你師弟，但這個秘密已經瞞不了多久了。」

妙雲一如既往地平靜道：「原來如此。」又忽道：「你是怎麼打敗余巴川的？」

王小軍不禁佩服，老和尚雖然兩耳不聞窗外事，但是涉及到武功的事情還是慧眼如炬，知道憑王小軍的本事打敗余巴川很違背常理，於是老實道：「我爺爺為了自保只能散功，但是由於機緣巧合，他的功力都被轉到了我身上。」

妙雲驚訝得在原地探身道：「那你還有閒心管別人的事？」

王小軍苦笑道：「我也是沒辦法，現在兩幫人打架，我是其中一幫人的老大，雖然他們未必把我當回事，但至少名義上是。」

妙雲卻兀自出神道：「神奇，神奇，沒想到世上真有傳功這種事情，我還以為這是那些寫小說的人胡編亂造的。」

王小軍繼續無語，這老和尚也太愛走神了。

妙雲這才對王小軍鄭重道：「你這事兒可比找綿月算帳嚴重多了，你還不找個清靜無人的地方參詳化解之法？」

王小軍一副寶相莊嚴的樣子道：「色即是空，空即是色，說不定我不去管它，反而無意中就化解了呢。」

妙雲道：「胡說八道，這句話怎麼可以這麼解？」

陳覓覓見這一老一少要扯遠，急忙道：「禪師，我們這次來少林還有一件事——今年的武協考核就設在少林寺，但有幾個人考試不過後就此失聯，所以我們來是想看看有沒有什麼線索。」

妙雲迷茫道：「這事我也不知道，當時是誰主持的？」

王小軍道：「圓通和匯通。」補充道：「圓通和綿月是一夥的，此刻肯定不在少林，我們能見見匯通師父嗎？」

妙雲聞言，讓門口的小和尚去找匯通，一邊嘿嘿笑道：「你們這趟來少林，先是告狀，再是要人，忙得很吶。」

這時匯通走到門口躬身道：「師父，您叫我？」他見到王小軍等人後神色躲閃，顯然有心事。

妙雲淡淡道：「這兩天武協的事你都知道，是嗎？」

匯通低頭道：「是，我怕擾了您的清修，所以沒跟您說。」

妙雲道：「你做得對也不對，清修如果能擾得了，那就不是清修了。這幾位施主就是為了武協的事來的，問你什麼問題，你就實話實說吧。」

匯通不滿地瞟了王小軍一眼，但又不敢違背妙雲的意思，只好道：「是。」

陳覓覓道：「匯通師父，我們不是來興師問罪的，就是想請教你一些事情。」

匯通道：「陳姑娘請講。」

陳覓覓道：「圓通師父呢？」

匯通道：「他跟綿月師叔去主持武協大會之後，至今未回。」

陳覓覓好奇道：「他跟綿月的關係是不是比一般人都近？」

妙雲忽道：「匯通跟圓通雖是拜在我的門下，其實都是綿月收入少林派的，平時也都是跟著他學功夫，只不過圓通八面玲瓏，更得綿月的喜歡；匯通嘛，就死板一些，不會來事兒，不過悟性和秉性都不錯。」

匯通局促道：「謝師父誇獎。」

王小軍道：「為什麼綿月當初不直接收他們做徒弟呢？」

妙雲道：「當時綿月也不到三十歲，他怕過早收徒遭人說閒話，所以就借我的名收了倆徒弟，相當於寄存吧。」

陳覓覓道：「原來如此。」她不禁又重新打量了匯通一眼，這和尚年紀輕輕就拜在妙雲門下，說明必有過人的天分。

王小軍道：「匯通師父，我師妹段青青、虎鶴蛇形門的武經年，還有丁青峰這些人，考試不過以後去哪兒了你知道嗎？」

匯通道：「不知道，我只負責監考，一旦有人失敗即刻會被『請』出去，他們去哪兒我可管不著。」

陳覓覓忽道：「當時圓通在哪兒？」

匯通道：「這個我也沒留意。」

唐思思道：「考官是兩個，為什麼所有活兒都是你在幹？」

匯通道：「他是我師兄，躲些懶也是應該的。」

妙雲在一旁道：「考試有人不過很正常，這有什麼好奇怪的？」

王小軍搖頭道：「怪就怪在這些人本來是不應該失敗的。您可能不關注江湖太久了，這幾個人都是後起之秀，實力超出同輩很多，他們是不可能一起失手的。」

唐思思補充道：「就算失手也不該失聯啊。」

匯通道：「你們是懷疑我們少林劫留了這些人？這麼多高手是分批離開的，誰能把他們一起劫走？」

陳覓覓道：「現在首先要確定的是，他們在考試過程中有沒有人做手腳——」她問匯通：「匯通師父，我們能看看那些考試的用具嗎？」

匯通遲疑了一下道：「請隨我來。」

眾人暫別妙雲，匯通領路進了後院一間倉庫，指著地上亂七八糟的東西道：「用剩下的都在這裡了。」

屋子裡到處都是木樁、架子、玻璃等物，王小軍他們也是經過初試的人，這時看到這些都覺得很熟悉。

胡泰來隨手撿起一個革包道：「咦？」他雙手使勁擠了擠道，「這個革包好像有點不大對勁。」

其餘三人一起圍上來道：「怎麼了？」

胡泰來兩隻手一面一隻按在革包兩端，逐漸往中間加力，那革包被壓得慢慢變形，最後變成一條長棍狀，居然始終都不破，可想而知，它被懸掛起來就更不可能被一拳打破了。

胡泰來使出全力一擠，那革包終於裂開，露出了裡面白色的硬塑膠板，原來外面一層看似皮革的封皮只是偽裝，裡面則是一個橢圓的塑膠球，這種東西別說掛在半空，就算放在地上用錘子砸也不會輕易破開。

胡泰來沉聲道：「毛病出在這兒！」

匯通目瞪口呆道：「這……這……」

王小軍見狀，翻了翻那堆玻璃，忽然從中抽出一塊手感異樣的，雙手扳住那塊玻璃一掰，那玻璃居然不就此破碎，而是被掰出一個弧度，直至兩邊對接都安然無恙……

王小軍感慨道：「要想打碎這種『玻璃』，別說後面是豆腐，就算是鐵箱子也得打塌了。」

匯通愈發意外道：「怎麼會這樣？」

王小軍道：「這些用具都是誰準備的？」

「是圓通……」匯通剛說了三個字就意識到了什麼，後面的也就不用再說了。

陳覓覓道：「這就第一步驗證了咱們的想法。」

王小軍嘿然道：「沒想到綿月不但會放水，還會作弊。」

胡泰來道：「可是這些東西放在這裡，他就不擔心敗露嗎？」

陳覓覓道：「少林高僧主持的考試，誰會懷疑用具裡做了手腳呢？要不是武協大會上出了意外，這些東西他可以隨時回來銷毀。」

唐思思咬著指頭道：「那我大哥的飛針是怎麼回事呢？」

這時匯通訥訥道：「其實……我知道一個辦法，在氣球上貼上透明膠帶，可以保證針扎不破。」

眾人齊道：「是你？」

匯通連忙擺手：「不是我！我只是突然想起來的。」

王小軍點頭道：「用這種辦法，唐缺的飛針雖然扎進了氣球，但氣球沒有破，所以人們都以為他的考試失敗了。」

陳覓覓吁了口氣道：「雖然找到了答案，但這些人到底去哪兒了還是個謎。」

王小軍猜道：「會不會是這樣——就因為這些人都是後起之秀，所以綿月才看中了他們，所以故意作弊讓他們進不了武協，正好趁機招攬進他的民協裡？」

陳覓覓道：「這是最顯而易見的答案，只有找到綿月才能水落石出。」

匯通忽然衝他們躬身道：「各位施主，我代少林和綿月師叔向你們賠罪了。」

王小軍忙道：「匯通師父別這樣，這件事和你無關。」

匯通漲紅了臉道：「我有個不情之請，還請各位答應。」

王小軍道：「你說。」

匯通雙掌合十道：「我師父他老人家年事已高，不想捲進這些江湖俗事中，就請你們不要再打擾他了；綿月師叔的事，我會盡力追查，給你們一個交代。」

幾人面面相覷，都覺有些意興闌珊，眼見少林派只有一個不想管事的老和尚，而且確實也沒能力管，匯通也代表少林道了歉，還能怎樣？

王小軍擺擺手道：「也罷，我們這就走，妙雲禪師那裡我們也不去告別了，就請匯通師父代為轉告吧。」

匯通面有喜色道：「多謝多謝。」

眾人打定主意就要往外走，結果剛走到前院，就見妙雲站在門前正在曬太陽，他隨口問道：「怎麼樣？」

匯通只好道：「有些考試用具確實被人做了手腳。」

妙雲點點頭，依舊淡定得很。

王小軍答應了匯通，只有硬著頭皮道：「禪師，我們就不打擾您清修了。」

妙雲道：「你們這是要走了嗎？」

王小軍道：「是。」

妙雲道：「別急走，既然都到少林了，你們就不想見識見識少林的金剛掌？」

王小軍猶疑地和陳覓覓對視了一眼，他早就聽人說過，武林裡鐵掌幫的鐵掌、崆峒派的伏龍銅掌還有少林的大力金剛掌是赫赫有名的三大掌法。伏龍銅掌他已經在孫立和沙麗那裡見識過了，至於金剛掌，他兩次來少林都是焦頭爛額，也就沒顧上多想。這次又有點敏感，王小軍生怕一提切磋的要求就會被少林看做是挑釁，他再沒心沒肺也不想招惹這種事端。

陳覓覓也微微搖搖頭，意思是讓他推脫了就算。

王小軍陪笑道：「我們還有爛事一大堆，這次就不獻醜了。」

滙通也覺師父這話說得沒頭沒腦，低聲道：「師父，這恐怕不太合適吧？」

妙雲卻不以為意道：「有什麼不合適的？都是武林人，在一起當然是切磋比劃，難道真讓他們一群小孩子聽我講禪？」

滙通道：「這……目前寺裡並無別人練過金剛掌。」

妙雲道：「你不是人嗎？你總練過吧？」

「練過……」

「這不就得了。」妙雲又看看王小軍道，「你就用你們家的鐵掌和滙通比劃比劃。」

王小軍小聲道：「這老和尚非要攛掇我和滙通打一架，也不知為什麼？」

陳覓覓道：「可能是單純好武，就跟苦孩兒一樣。」

唐思思道：「難道這個禪師看著是得道高僧，其實是想偷學鐵掌幫的招式？」

胡泰來又好氣又好笑道：「不要亂說，哪有這麼揣測少林方丈的。」

妙雲在一邊催促道：「快點，讓你們比武又不是對對子，有什麼為難的？」

匯通無奈，只好走到王小軍身前合十道：「王小軍施主，不知你意下如何？」

王小軍道：「禪師想看，那就活動活動吧。」

匯通道：「既然是切磋，我們雙方就都不要使用內力了，咱們只在招式上應證武功。」

王小軍道：「好，跟我想到一起去了。」真要使用內力的話，他一則怕加速反噬，二來也怕誤傷了匯通，那樣可就說不清了。

妙雲催促道：「說那麼多幹什麼，你倆快點。」

唐思思皺眉道：「就衝老和尚這起鬨勁，要不是聲音對得上，我都懷疑他是千面人化裝的了——難道是楚中石？」

陳覓覓道：「化裝成少林方丈？楚中石還沒這個膽子。」

王小軍和匯通面對面站好，兩人都是滿臉不情願，就像兩個被大人強迫的小孩，既局促又不耐煩，可是又不敢違抗。

王小軍道：「匯通師父先請吧。」

匯通道了聲「得罪」，身子微蹲，右掌向王小軍胸口拍來，王小軍左掌自下往下一擋，右掌中宮直進，是一招平平無奇、反守為攻的招式，平鋪直敘。

王小軍這一招出去之後，匯通並不想著如何反制，而是繼續把右掌抬高，改為攻擊王小軍右肩，同時發出「嗡」的一聲悶響，這時匯通特意放慢動作，一來是為了給王小軍應對的時間，二來是為了表明他並沒有使用內力。

王小軍衝他微微一笑表示領情，用掌緣磕開匯通的手掌，改變路線攻他的小腹。二人一招一式不自覺地均採取慢四分之一拍的節奏，打得頗為斯文和客氣。

妙雲一開始有一眼沒一眼地看著，俄而忽道：「你倆這是比武呢還是跳舞呢？要是遇上強敵，你們也是這麼搪塞嗎？」

王小軍撇撇嘴，朝匯通苦笑道：「看來這樣過不了關啊，要不咱拿出點真格的來？」

匯通無奈道：「好，那就得罪了——小心！」

兩人一錯位的工夫，終於開始用正常速度交手，匯通雙掌連發，驟然在王小軍身側拍出萬千掌印，王小軍只覺耳邊風聲喝喝，不自禁地精神一振。

大力金剛掌乃是佛門武功，首要追求的不是殺傷而是震懾，這一輪掌法就是要讓對手知難而退，遇上鐵掌這種極其剛強不屈的路子自然無法奏效，王小軍匆忙之下也沒時間細想，也是雙掌爆發還擊，只一個瞬間，兩個人交戰的激烈度就提升了十幾倍。

胡泰來瞪大眼睛道：「好厲害！」

陳覓覓一笑道：「這可是少林寺。」

王小軍和匯通片刻就打了將近一百招，看彼此的眼神也都變了！

王小軍從第一次入少林，匯通成為他考官的那刻起，便自動把圓通匯通當成了跑龍套的僧人甲，今天這一動手，才發現少林派真是藏龍臥虎，和對方交手的時候，恍惚中就覺身後似乎有座面目安詳的巨佛在誦念佛經，不禁有種無力感在慢慢侵蝕自己，就像自己真的在和佛祖對敵一樣。

王小軍悚然一驚，這也正是在唐家堡他和綿月交手寥寥幾招的感覺！

匯通的想法也是如此。武協會場的事他並沒有親見，只知道前幾天那個孩子忽然成了武協主席，但想到王東來也到了會場，一切也就釋然，真就把他當成了倚仗家世的武三代，卻沒想到一百多招都沒拿下，他嘴上不敢犯戒，心中已經是驚異連連了。

一百五十招過後，兩個人已經從友好敷衍變成主動出擊，而且越鬥越烈，換句話說，倆人已經打出火氣來了。

王小軍經過的惡戰不在少數，這時穩住心神揮動雙掌，一心要把「僧人甲」拍在地上，匯通也擺正心態，拼命不給少林派丟臉，從始至終，兩個人都沒有違背約定使用內力，但也因此成了死結，誰也不知道他們要打到什麼時候去。

陳覓覓見情況不妙，快步走到妙雲身前道：「禪師，要不……就讓他們到此為止？」

妙雲這才衝兩人擺手道：「停！」

匯通心裡有火，但不敢不聽師父的話，一個箭步跳出圈外，妙雲招手道：「你過來。」

匯通心頭忐忑，走近躬身道：「師父……我……」妙雲的脾氣他是知道的，這會兒不是怕挨罵，而是怕師父責備自己好勇鬥狠，這時戰鬥一停，匯通禪定入心，已經生出了悔意。

妙雲盯著他道：「你知道你為什麼沒打過他嗎？那招『安忍不動』你使的不對，應該這樣——」說著抬手就示範了起來。接著又道：「還有那招達摩面壁，綿月是怎麼教你的？」

匯通慚愧道：「師叔教我這一招的時候，我就沒太聽明白。」

妙雲道：「我就知道你走神了，這招該這麼打——」

王小軍等人在一邊看得目瞪口呆，這還是剛才那個恬淡避世的高僧嗎？居然教徒弟怎麼打架？唐思思撇嘴道：「想不到他是這樣的人！」

胡泰來苦笑道：「現在至少證明他不是楚中石改扮的了。」

然而讓他們更為瞠目結舌的事情發生了——妙雲指導匯通半天武功，在他後背上拍了一把道：「你再去和他打過！」

王小軍無語道：「這老和尚不但攛掇徒弟和我打架，而且看樣子必須要打贏才甘休啊！」

匯通這會兒聽師父讓他繼續跟王小軍比試，不禁暈暈乎乎地走到場中，對王小軍合十道：「王施主，我又要得罪了。」

妙雲道：「比武就是比武，哪有得罪一說？修禪是讓你靜心定性，不是讓你幹什麼都含含糊糊、得過且過。」

匯通流汗道：「是，謝師父當頭棒喝。」

王小軍回頭，無奈地衝陳覓覓他們聳聳肩。

兩人又戰到一處，匯通雖然只是在個別招式上做了改進，但風格驟然大變，就像是憑空升了一級，王小軍剛才還能和他鬥個旗鼓相當，這時明顯感覺到了壓力。

可鐵掌也是一門遇強則強的武功，所以王小軍尚能跟得上節拍，鐵掌和金剛掌量級相同、理念相近，兩個人這一番劇鬥，招式間的條理愈發清晰，一舉手一抬足毫無累贅的地方，越來越有生死相搏的火藥味了！

十幾招一過，匯通又使出了「安忍不動」這招，他身子凝立不動，右掌直拍對手胸腹，這一招的真諦就在於化繁為簡，返璞歸真，王小軍心念一動，王東來教導他的一幕幕都閃現出來，這時他見匯通靈感迸發，自己也福至心靈，慢慢抬起右掌，和匯通在空中輕擊了一下，兩人相視而笑。

這一掌一拍，就說明兩人都把招式運用到了極限，他們都沒有用內力，那麼這掌拍上也就沒了後文，如果是在實戰中，結果只能是內力強的一方占到便宜。

陳覓覓見王小軍又有了進境，感慨道：「看來這趟少林還是來對了。」

妙雲喝道：「停！」

匯通撤身，面有得意之色道：「師父，這回我用對了吧？」

妙雲搖頭道：「還是不對！」

眾人一起吃驚道：「還不對？」

胡泰來和陳覓覓都是高手，看出這一招已經達到了「精雕細琢後的粗糲」，是最高的境界了。

「你來你來。」妙雲招手把匯通叫到身邊，比劃道：「這招你是不是還可以這麼打——你以為這招到這就到了極限，其實不是的。」說著親自示範，平舉右手道：「對手全身都在你的籠罩裡，你為什麼非打他胸腹不可，為什麼不打他腰側？」

匯通遲疑道：「可是……」

妙雲不等他說完，又道：「是因為你覺得那樣會導致威力減弱，那這樣呢？」說著往邊上邁了一小步，接著把手掌抵在匯通腰側。

王小軍他們盡皆失色！這步一邁，這招「安忍不動」頓時有了新的氣象，就像看似普通的一步棋卻盤活了全域。

胡泰來更是全身雞皮疙瘩起立，妙雲這一個小小的改動，暗合了他錯步拳的全部精華，這卻只是老和尚的一個隨意之舉，他頓時對這位少林方丈佩服得五體投地！

妙雲和匯通並沒有避諱旁人，王小軍看在眼裡，也暗暗心驚，匯通如果剛才這麼來一下，他確實要陷入萬劫不復之地，王小軍喃喃道：「向前一小步，精進一大步啊。」

妙雲也不理會別人，又道：「剛才有幾招你還是用得不對，比如這招——」

他一招一招地給匯通分析，王小軍越聽越驚，原來那些招式經過妙雲這麼一改，結合他當時的情況，每一招都會給他帶來無窮的困擾，可人家就這麼當面說出來，他同樣沒有萬全之策，王小軍苦惱道：「壞了，小和尚有老和尚教，我爺爺卻不在這裡！」

陳覓覓道：「好在你還有時間。」

「沒錯！」王小軍目光灼灼地盯著妙雲和匯通，妙雲每教匯通一招，他就跟著比劃，同時構思該如何應對，就這樣，老和尚在那教小和尚，王小軍就在一旁跟著學。

當然，他的最終目的是要轉變到鐵掌裡該怎麼回擊，眾人眼睜睜地看他越湊越近，最後他離妙雲的距離比匯通還要近，反而像是妙雲在指點他一樣。

妙雲講了四十多分鐘，又道：「你倆再打！」

匯通和王小軍都是面有苦色，匯通是怕表現得不好被師父責怪，王小軍則是抱著考前畫重點的心，現在重點是畫完了，可還沒開始背呢就要上考場了……

兩人這次再打，頓時沒有之前的精妙和流暢，反而磕磕絆絆的，每一招出手前，匯通都得想這招是不是該這麼打，它的變招是什麼；王小軍更是疑神疑鬼，生怕一不留神就被算計了。這兩人生澀地交著手，場面簡直比霹靂姐和藍毛練習還要慘不忍睹。

唐思思不禁道：「他們怎麼越打越回去了？」

胡泰來評道：「其實就是因為考慮的問題多了，所以患得患失起來。」

第三章

隔山打牛氣

就這樣一散一收之間，王小軍就覺從胳膊到手掌，有一條熱辣辣的內力呈線性躥了出來，與此同時，熊炆面前一條紅燒鯉魚忽然從盤子裡蹦起來跳到了他懷裡。

桌上幾人目睹了這一幕，同時駭異地叫道：「隔山打牛氣！」

兩人畢竟都是一流高手，相互磨合了幾十招後，又漸漸激烈起來，妙雲眼看匯通錯失了幾次機會，乾脆在一邊直接喊道：「這掌再掛他後肩！這掌要配合步伐！這掌你收得慢了……」

王小軍叫苦不迭，匯通和妙雲是同氣連枝，他自然明白妙雲話裡的意思，王小軍卻只能靠猜測，這樣一來，就相當於他在和半個妙雲直接交手，壓力可想而知。

又是堪堪一百招，王小軍已經汗流浹背，幾乎要支撐不住了，妙雲盯著場上瞬息萬變的局勢，傳授道：「這掌你往前兩寸，打他腋窩！」

王小軍大吃一驚，此刻他全身的肌肉和氣息都已經調動到了極限，對方要是再往前突進，那就意味著他的防護頃刻就會瓦解。

匯通閃過一絲茫然的神色，最終也不明白該如何做到，稍即開口道：「師父，您的意思我明白了，可是我沒有那麼深厚的功力。」

王小軍卻早他一步體會到了他的處境——這一掌想再往前兩寸，非得要深厚的內力配合不可，這和他跟王東來學習升級版鐵掌時的情況是一樣的。這掌要是妙雲或者綿月來打，那就沒什麼懸念，自己萬難抵擋了。

妙雲擺手道：「算了，別打了。」

王小軍和匯通都是長出了一口氣，兩人分開站好，皆是汗透衣服。

妙雲瞟了匯通一眼道：「憑你的功力，再打下去也體現不出金剛掌的威力，罷了。」

匯通低下頭道：「讓師父失望了。」

妙雲又看看王小軍道：「你們也走吧。」

王小軍在這一刻忽然明白了什麼，認真道：「多謝禪師。」

妙雲卻不再看他，轉身揮手道：「走吧走吧。」說著逕自進屋，關上了門。

王小軍和匯通對視了一眼，微微一笑：「幸會，咱們有緣再見。」

匯通合十相送。

要走出少林寺大門的時候，唐思思忍不住問王小軍道：「你們倆到底誰贏了？」

陳覓覓笑道：「當然是妙雲禪師贏了，不過，他可不是為了贏小軍。」

唐思思道：「那是為了什麼？」

胡泰來道：「他讓小軍見了金剛掌的全本，又不斷增加難度讓他試練，你猜是為了什麼？」

唐思思恍然道：「是為了讓我們以後遇到綿月不至於措手不及。」

王小軍一笑道：「沒錯，老和尚嘴上說不管，其實已經把能做的都做了——這就是少林給咱們的交代。妙雲禪師讓我見識了金剛掌，既是指點也是警示，雖然匯通贏不了我，但是換成綿月來打的話，我幾乎毫無機會——我爺爺說得沒錯，我現在還打不過綿月。」

唐思思道：「那怎麼辦？」

王小軍攤手道：「好好練唄，我們鐵掌幫的武功我也才領會了十之一二，這事急不來的。」

陳覓覓意外道：「難得聽你說句自謙的話。」

大家上了車，忽然感覺到一陣茫然，少林寺去過了，可段青青他們還是沒有線索。王小軍攤手道：「我們現在去哪兒？」

就在這時，王小軍接到一個陌生號碼打來的電話。

「哪位？」王小軍問。

那人熟絡道：「是我，王建中。」

王小軍疑惑道：「王建中？」

那人大聲道：「金刀王！」

王小軍忙道：「原來是王老前輩，哈哈，光知道你的綽號不知道你叫啥名，你看我多好，就叫王小軍，沒綽號……」

金刀王換上一副半認真半玩笑的語氣道：「王主席，你現在還在河南嗎？」

「是，您問這個幹什麼？」

金刀王道：「我想邀請你來我這兒做客，離著也不遠，肯賞光嗎？」

王小軍奇道：「您……邀請我做客？」

「怎麼，當上主席就不認我這個老朋友了？」

王小軍用眼神徵求大家的意見，其他三個都一副無所謂的樣子。

王小軍還在遲疑，金刀王已經爽朗道：「那就這麼定了——」又道：「我是有事求你，你可不許推脫。」

「那好吧。」王小軍掛了電話詫異道：「他找我能有什麼事？」

胡泰來道：「難道是討教武功？他在你手裡吃了一個暗虧，心裡不服，或者是乾脆真的想學兩招？」

陳覓覓笑道：「你把老頭想得太幼稚了，金刀王可是河南赫赫有名的人物，就算他真有這個心思，也不會把人請到家裡，那多掉價啊。」

王小軍聳肩道：「又是武林人的那一套，到了就知道啦，反正正好咱也沒地方可去。」

這時天色已晚，眾人決定慢慢開夜車過去，趕在明天中午之前見到金刀王。

路上，王小軍和胡泰來分別又試著聯繫段青青和武經年，依然是杳無音信。

第二天上午不到十點，王小軍他們已經到了河南，也就是金刀王的地盤上。

王小軍按金刀王留給他的聯繫方式打了電話，很快金刀王的大徒弟開著一輛路虎出現了，他看了看髒兮兮的富康，殷勤地對王小軍道：「王主席，你坐我那輛吧。」

王小軍道：「呃，不用客氣，也不用叫我主席，你在前面帶路就行。」

大徒弟開車往前走了不到四十分鐘，停在一輛林肯旁邊，林肯的車門一開，金刀王從車上跳下來招手道：「王小軍！」

王小軍和車裡眾人對視一眼，大家交換了一個「果然是土豪」的神色。

王小軍下車和他握手，笑嘻嘻道：「王老前輩，你這排場夠大的啊。」

金刀王沒聽出他話裡的調侃，大喇喇道：「不是我要講排場，這是你該有的排場，武協主席來河南了，我總不能光從屋子門口迎一迎吧？要不是我實在有事，就親自去接你了。」

王小軍乾笑道：「你怎麼和你徒弟一個毛病，咱們之間就別主席主席的了。」

金刀王爽快道：「行，我不叫你主席，你也別喊我老前輩。」伸手一指林肯道，「你跟我走吧。」

陳覓覓對王小軍道：「你去吧，我跟著你們。」

王小軍只好上了林肯車，一行人重新上路。

車裡除了司機就是他們兩個，王小軍沒話找話道：「王老你金刀呢？」

金刀王道：「那玩意兒沒事我帶在身邊幹什麼，讓警察看見，該說是管制刀具了。」

王小軍道：「誰敢說你那是管制刀具，你掰下一塊來，撒他一臉金粉。」

金刀王聽了哈哈大笑。

王小軍道終於忍不住道：「咱們接下來幹什麼去？」他很好奇老頭到底

要他幫什麼忙。

金刀王道：「吃飯！」說著打開車門，「咱們到了。」

車停在一個富麗堂皇的酒店門前，確實一看就是個吃飯的好地方。

王小軍也不再問，跟著金刀王走了進去。

上了樓，大徒弟帶著陳覓覓他們進了一個包廂，王小軍剛要跟著進去，金刀王一拉他道：「咱們不在這兒吃。」帶王小軍走到走廊盡頭的包廂，一推門就大聲笑著介紹：

「來，給你們引薦引薦，這就是江湖上有名的後起之秀王小軍。」

包廂裡坐了一大桌子人，看樣子都是金刀王請來的客人。

金刀王拉著上首一個年紀跟他差不多大的老頭對王小軍道：「小軍，這是我親家，在武林裡也是有名號的，叫做『河南三踢』秦祥林。」

王小軍道：「秦前輩好。」

陳覓覓不在，他也無從知道這秦祥林到底是不是江湖名人，只覺得「河南三踢」這綽號起得一點美感也沒有。

秦祥林個頭矮小，天生長了張笑臉，這時和顏悅色道：「好好，後生可畏，我最近沒少聽說你的名字。」

這番話說得半真半假，既看不出誠意，但也挑不出毛病，屬於那種前輩鼓勵晚輩的客套話。

金刀王看他們打過了招呼，示意眾人落座道：「你們先吃著，我一會就來。」然後領著王小軍出了包廂，對他說道：「我這個親家不是武協的人，但是很推崇武協，他的態度你也別介意，他不知道你就是武協主席。」

王小軍納悶道：「這跟你說讓我幫忙的事有關係嗎？」

金刀王道：「一會兒你就知道了——咱們再去見一幫人。」

兩人到了別的樓層，金刀王又推開一間包廂的門，照舊是大聲介紹王小軍。

這裡的情況跟剛才大同小異，一桌人起立陪笑，王小軍是金刀王領來的客人，眾人也都對他客客氣氣。

唯獨有個老頭背對著他，坐在那裡一動不動，明知金刀王進來了，既不回頭也不招呼，只是慢慢地把玩手裡的茶杯，顯得倨傲不已。

金刀王看不過去了，在那老頭背上拍了一把道：「你耳朵聾了？我這跟你介紹客人呢！」

那老頭這才慢吞吞站起來，他身材極其高大，幾乎比王小軍還要高出一頭，這會低頭掃了王小軍一眼，滿臉不高興道：「老王，你把我叫到這來，到底有什麼事？」

金刀王打個哈哈道：「你先跟小軍見見面。」說著他又對王小軍道：「小軍，這是我大舅子熊炆，江湖朋友都管他叫『兩把火』。」

王小軍打招呼道：「熊前輩。」

熊炆敷衍道：「這是你新收的徒弟？你找我到底有事沒事？我還忙著呢！」

金刀王看了一眼王小軍，無奈道：「你就當給我個面子再待一會兒，那你們先吃，我馬上過來。」

金刀王和王小軍出了包廂，滿臉歉意道：「這個你就更別介意了，他就那德行。」

王小軍攤著兩手道：「我不介意，而且這位老爺子有句話我也想借用一下——你找我到底什麼事啊？」

面對王小軍的問題，金刀王似乎是一時不知從哪說起，他招招手道：「你跟我來。」

他帶著王小軍又進了一個空包廂，拉了把椅子坐下，又示意王小軍也坐，這才道：「人物關係你搞清楚了吧——秦祥林是我親家，是我兒子的老丈人；熊炆是我大舅子，是我家老太婆她哥。」

王小軍掰著指頭算了算道：「這兩人其實也沒啥關係啊，無非一個你兒子喊爹，一個喊大舅。」

金刀王拍腿道：「沒錯，要按親朋這麼論呢，這兩人也就是點頭之交，可是如今這兩傢伙掐起來了，你想想我夾在中間多難受?!」

王小軍道：「想不出，我既沒大舅子也沒親家。」

金刀王為難地道：「總之，這兩人我是誰也不能得罪。」

王小軍問：「他倆是怎麼掐起來的？」

金刀王道：「可能你也看出來了，這倆都是有點勢力有點閒錢那種人。」

王小軍點頭：「嗯，都是土豪。」

金刀王尷尬道：「我們市政府不是要搬遷嗎，現在有片地正好在市政社區和市府大樓中間，價格也合適……簡單地說，就是有塊前景很好的地方，不管幹什麼都能賺錢，倆人都看中了，我聽意思是熊炆先接洽上的，幾乎就要簽合約拿下了，不知怎麼被我那個親家截了胡，成了那塊地的主人了，就是這麼個事兒。」

王小軍茫然道：「我能幹什麼？」

金刀王道：「你不是新上任的武協主席嗎？我尋思著靠你的面子給他倆調解調解……」

王小軍好笑道：「這種事你找當地商會的主席，比找我這個武協主席好使吧？」

金刀王擺手道：「什麼狗屁商會，這倆貨又不是靠吃這口飯活著的，誰的面子也不賣！」

「那憑什麼賣我面子？」

金刀王嘆道：「這你就有所不知了，秦家和熊家都是武林世家，之所以沒加入武協，是因為前幾輩的老人沒把武協當回事，但是按武林地位來說，秦家和熊家都不比我差。到了這一代，他們想加入武協，可年紀都那麼大了，又拉不下面子去考試，所以你反而是能說得上話的。」

王小軍忙擺著手道：「你看我哪兒長得像主席？要是我爺爺來了還差不多。」

金刀王一副不以為意的樣子道：「你爺爺才不會管這些亂七八糟的事，我不是跟你有交情嘛，我想能不能這樣，一會兒吃飯的時候，你乾脆把他倆『特招』進武協，這試就不用考了，武林上誰不知道河南三踢和兩把火啊，也不會說你什麼；再說還有我擔保呢，只要他們都進了武協，那就是一家人了，什麼話不好說？他倆也就是賭一口氣，誰也不差那點錢。」

王小軍詫異道：「你這後門都走到我這兒來啦？」

金刀王討好道：「你就當給我個面子，要是別人，我早就拿大刀拍死他們了，可這倆人我是真得罪不起啊，他倆找我評理，你說我該向著誰？得罪了親家，我兒子要受苦，得罪了大舅子，我自己要受苦！」

王小軍好笑道：「老王家不但有家傳的刀法，還祖傳怕老婆？」

金刀王嘿然道：「別說風涼話，等你結婚就知道利害了。」

王小軍猶豫了片刻，他不是那種教條的人，金刀王的脾氣他也瞭解，要不是真有能耐的人，他恐怕也不會這麼費心，武協現在處於尷尬時期，收倆新會員也不是壞事，於是道：「那就照你說的，不過下不為例，你可不能以後把什麼人都往武協裡塞。」

金刀王聽了這話有些不悅，但這會兒有求於人，只好勉強陪笑臉道：「一定一定。」

兩人又進了熊炆的包間，金刀王低聲吩咐了大徒弟一句，然後摟著熊炆的膀子道：「老熊，我一會兒還有個客人要到，我醜話說在前面，他來了，你不許抬屁股就走！」

熊炆大眼珠子瞪了瞪道：「你說的不會是……」

他話音未落，秦祥林從門外走了進來，打著哈哈道：「是哪位貴客到了，還非得把我也叫下來？」

熊炆一回頭和他來了個面對面，秦祥林的笑容頓時僵在臉上，扭頭就要出去。

金刀王使勁一拍桌子，沉聲道：「你倆都給我坐下！你們要是再這樣，這事我可不管了！咱們以後也不用處了！」

秦祥林這才氣咻咻地坐到熊炆對面，金刀王打橫坐在桌子中間，王小軍則坐在他邊上，包廂裡其他客人看樣子都不太說得上話，只能哼哼哈哈地應付著。

金刀王見眾人坐定，這才又滿臉堆笑道：「我沒騙你們，是真有貴客要給你們介紹。」說著把手按在王小軍肩膀上道：「這位是王小軍。」

熊炆不冷不淡道：「你剛才已經介紹過了，怎麼，你打算收關門徒弟了？」

金刀王道：「別胡說八道，小軍是新上任的武協主席。」

滿桌人聽了無不驚訝，這些人能和金刀王坐在一起，說明也都是武林人士，武協的地位無人不知，一聽新上任的主席是個小屁孩，不禁個個瞠目。

熊炆遲疑道：「王小軍？王東來的孫子？」

王小軍道：「正是。」

熊炆淡淡道：「這就難怪了，王東來近期都沒露面，人們都傳說他練功出了問題，原來是籌劃讓孫子接他的班。」

金刀王在王小軍肩膀上按了按，示意他多包涵。

秦祥林則仍是笑咪咪道：「我剛才就說嘛，後生可畏，哈哈。」

金刀王樂呵呵道：「小王主席這次來河南，就是聽說你們二位有心想入武協，他求賢若渴，這不就親自來了嗎？」

熊炆掃了一眼王小軍，冷冷道：「年紀輕輕說什麼求賢若渴？老王，你也別打馬虎眼了，不就是我和你親家頂上了，你想趕緊讓我們收場嗎？我還就把話撂這了，姓秦的這號人要是也能入武協，這武協我還不稀罕入了。」

秦祥林皮笑肉不笑道：「說得誰真稀罕似的。」

熊炆一拍桌子道：「那塊地是我先看上的，你橫出來擋人財路算怎麼回事？就你這種人品，和你一個桌子吃飯那是髒了我的嘴！」說著伸出手來，把面前的餐具嘎巴嘎巴都碾碎了，連金屬勺子都捏成一團，扔到秦祥林面前。

秦祥林也瞪起眼睛道：「第一，我聽那地的主人說，有人只是先於我有意，可既沒下訂也沒簽約，而且我不知道那人就是你；第二，人家地主有權決定和誰合作，是你想法不靠譜，跟我掰扯不著！」

說著，秦祥林陰陽怪氣向同桌人道：「你們知道他想拿那塊地幹什麼嗎？開一個超市！簡直就是土鱉的想法，一天賣個一箱雞蛋兩瓶醬油的，有什麼出息？」

他天生就有張笑臉，這會怪裡怪氣地說出這番話，真是比諧星的表演還要搞笑，惹得同桌人十有八九憋著笑。

熊炆針鋒相對道：「你開健身房就高尚了？」

秦祥林道：「廢話，我採行的是會員制，到時候，那塊地的有錢人都能招攬進來，現在的高端人士都講究這個知道嗎？牙刷衛生紙這些東西從哪個超市不能買？所以說你土鱉！」

熊炆霍然起身道：「你再說一句！」

秦祥林不甘示弱地站起道：「許你做不許我說？」

王小軍沒忘自己的任務，這時打圓場道：「兩位前輩，你們都消消氣，聽我說一句……」

熊炆怒道：「你給我閉嘴！」

秦祥林也道：「老王，你找個小孩來壓我們一頭，是不是把我們也看得太低了？」

王小軍愕然道：「嘿，都衝我來啦，要是你倆能因為這個不鬧了，也算我把事兒辦了。」

金刀王沉吟片刻，對熊炆道：「老熊，這樣吧，我答應幫你再找片地，賺的錢絕對不少，要是少了，我給你補上！」

熊炆喝道：「放屁，我是因為錢的事嗎？」

王小軍道：「這樣如何，這塊地，兩位前輩一起開發，共同投資，賠了賺了都不傷和氣，也不枉王老爺子一片苦心。」

熊炆揮手道：「你給我滾，真把自己當號人物了？要沒你爺爺，你屁都不是！」

王小軍一愣，道：「這話說得過了吧？」

熊炆不耐煩道：「滾滾滾！」

金刀王忍著氣道：「小軍，你先出去吧，這事是我魯莽了。」

王小軍的笑意還掛在臉上，下一刻冷不丁暴怒道：「媽的，老子這個武協主席是一巴掌一巴掌打回來的，誰不服，咱們手底下見真章！少他媽夾槍帶棒的，鐵掌幫不吃這套！」

王小軍一串話把所有人都罵愣了，他們在金刀王面前或許是唯唯諾諾的陪襯，可在社會和江湖上都是有頭有臉的人物，從沒被人這麼罵過，尤其對方還是個小孩子……

秦祥林發怔道：「你……你太過分了。」

金刀王面沉似水道：「小軍，給我個面子。」

王小軍指著他鼻子道：「老王！這裡面最過分的就是你了，我到這兒來，就是因為你一句話，開了十幾個小時的夜車，臉沒洗牙沒刷，結果到頭來是為了你們家那點破事兒。破事兒也就罷了，你真拿我當朋友了嗎？我在你眼裡無非就是個小丑、耍猴的，把我拿到桌子上供你們這些老傢伙哈哈一笑就把不痛快的事忘了，眼見不管用就把我踢在一邊，把我當個玩意兒可不行！今兒我誰的面子也不給！」

其實王小軍暴怒還真是因為金刀王的態度。別人罵他乖孫子、沒本事，他都可以當耳旁風，但金刀王大老遠把他叫過來，眼見沒起作用就又推他出去，確實讓王小軍感覺自己是被玩弄了。

金刀王的做法也的確缺乏誠意，很簡單，如果是王東來來了，這些人絕不會也不敢這麼對他。這讓王小軍很有挫折感，加上這段時間事情多、壓力大、要查的線索又毫無頭緒，終於爆發了！

金刀王被罵得一愣一愣的，熊炆猛地一拍桌子喝道：「你膽子太大了！」

王小軍打個哈哈道：「就你會拍桌子？」他將內力運上右臂，同樣猛擊向桌邊。

但他同時想，把桌角打碎或者打碎整張桌子，在這些人眼裡毫不為奇，其實沒什麼意義，於是又把內力瞬間一收。

就這樣一散一收之間，王小軍就覺從胳膊到手掌，有一條熱辣辣的內力呈線性躥了出來，一時間他也顧不上調整它的方向，與此同時，熊炆面前一條紅燒鯉魚忽然從盤子裡蹦起來，扭曲著跳到了他懷裡。

那條魚自然不是活的，甚至已經被人們吃掉了一半，就那麼半是魚身半是魚刺地驟然躍起，場面相當詭異！

桌上幾人目睹了這一幕，同時駭異地叫道：「隔山打牛氣！」

原來王小軍無意中誤打誤撞領略了隔山打牛氣的要領，無師自通了這門傳說中的神功。

雖然在王靜湖說來，這門功夫沒什麼用，耗費內力多、局限性大，就像考駕照，會倒車入庫、S彎道曲線進退不壓線就夠用了，飄移甩尾這種技術絕大部分時候是用不著的，但正因為絕大部分人不會，才顯得它可貴。王小軍無意中露了這一手，包廂裡頓時安靜得可怕。

秦祥林瞇縫著眼道：「後生可畏，後生可畏啊。」這是他今天第三次說這句話，只是再也沒有那種假模假式的笑了。

王小軍凜然道：「比老頭可畏！」

秦祥林道：「原來小王主席到河北是來教訓我們來了。」

王小軍道：「你們都是武林人，我是武協主席，你們有做得不對的地方，我教訓教訓你們怎麼了？」

秦祥林道：「好，那我就來領教領教小王主席的功夫！」

熊炆道：「我先來！」

秦祥林道：「怎麼，這時候你又想來截我的胡了？我讓你見識見識，我河北三踢不光是會背後玩陰的！」他伸手一指門外，大聲道，「外邊請！」

王小軍坐在那裡巍然不動，嘿嘿一笑道：「不用那麼麻煩，這裡足夠了。」

秦祥林納悶道：「這裡？你想怎麼比？」

王小軍道：「你不是叫河北三踢嗎？這樣吧，只要你在我面前踢完三腳，我就算你贏！」

秦祥林仰天打個哈哈道：「好啊，跟你爺爺一樣狂！」話音未落，眼中精光一閃，忽然躍上了桌面，接著一腳飛踹王小軍面門。

這小老頭人前和氣，該動手的時候絕不含糊，而且輕功也十分不錯的樣子，王小軍看也不看，隨手一掌揮出，秦祥林腳剛到中途，身子驟然被掌風拍出，哇哇叫著飛離桌面，砸破窗戶掛在了外邊。

這裡是八樓，真要掉下去恐怕也是凶多吉少，同屋的人見狀，急忙上去幾個把他拉了回來。

王小軍慢慢起身道：「我看也別費事了，想上的一起上吧！」他雙掌在桌子上一按，那面桌子轟然坍塌與地面齊平，頓時騰出了戰場！

這一切都發生在片刻之間，等金刀王回過神來，已經鬧得不可收拾，他長大了嘴，驚詫道：「這……這……」

與此同時，王小軍一左一右兩個人已經一起向他拳腳相加，金刀王懊惱道：「這叫什麼事啊！」這會兒他幫誰都為難，這裡的人都是他在本地多年的親朋好友，王小軍則代表武協，不管得罪哪一方，日後都有綿綿無期的麻煩和後遺症，他簡直腸子都要悔青了，王小軍要是有個三長兩短，鐵掌幫絕不會和他善罷甘休……

面對來自一前一後的攻擊，王小軍後發先至，前一掌後一掌將那兩人打倒，接著身形一閃已躥到了熊炆面前：「讓你看看沒有我爺爺我算什麼！」熊炆剛把拳頭揮到一半，胸口就中了一掌，眼前一花，暈暈乎乎地倒在了地上，心裡一萬個想不明白：王小軍的武功何以如此之高？

王小軍在屋子裡東一閃西一閃，每過一處就打倒一個人，比之當初王東來在武協別墅裡痛快俐落多了。

這些人都是河北地界上有名的老師父，這會竟沒有一個是王小軍的一合之將。王小軍在屋裡繞了一圈，最後站著的就只剩了金刀王……

王小軍笑道：「為了不讓你得罪本地朋友，你也湊個熱鬧吧！」說著左掌在金刀王眼前一勾，金刀王又急又怒，右拳一衝去抵擋王小軍的手掌，右手則去抓對方的衣領，卻猛然覺得右邊身子一麻，接著被摜到牆上，然後不由自主地滑在了地上。

他心中的驚駭更是無與倫比，眼前的王小軍跟上次和他交手的王小軍簡直判若兩人！

王小軍滿屋子巡視了一圈，見再無能戰之人，對跌在窗邊的秦祥林道：「你說錯了，我比我爺爺還狂！」

這時金刀王的大徒弟還有胡泰來、陳覓覓等人聞聲趕了過來，見了這裡的情景都是大吃一驚，大徒弟激憤之下就要撲向王小軍，陳覓覓一拿他的胳膊，把他按在了門上。

王小軍看著滿地狼藉，慢慢地舒了一口氣，道：「咱們走吧。」擺擺手示意陳覓覓放了大徒弟，踩著碎盤爛碟到了走廊裡。

第四章

諜中諜

眾人順她手指的方向看去，就見丁青峰一身白衣，站在一根立柱邊上，腰上插著一根木棍，做成笛子模樣，其實誰都明白那是他的武器。丁青峰半隱半現地站在那，目光盯著段青青，顯然是在監視她，而段青青似乎並不知道。

陳覓覓扔開大徒弟，緊跟上道：「這裡怎麼回事，怎麼忽然打起來了？」

王小軍三言兩語把事情說了一遍，攤手道：「就是這麼打起來的。」

陳覓覓無語道：「這金刀王做事也確實欠考慮了——不過你這脾氣也見長啊。」

胡泰來滿腦門官司道：「這不是重點好吧？河北這地方咱以後是不用來了。」

王小軍道：「誰叫他們讓我出來打圓場的，你看吧，他們以後同仇敵愾，很快就比一家人還親了。」

眾人想想也覺好笑。

他們剛走到酒店大廳，就聽身後轟隆轟隆響，金刀王帶著熊炆和秦祥林一干人也跑了下來，這些人呼啦一下把王小軍他們圍了起來。

王小軍懶洋洋道：「是不是沒打夠？」

金刀王沉著臉道：「這裡人多眼雜，咱們有話還是樓上說。」

王小軍道：「還有什麼好說的，我就不該來，明年要還是我當武協主席，想來也見不到你了，咱們就這樣吧。」

金刀王道：「不管怎麼說，來了不能飯也不吃一頓就走吧？」

王小軍還想說什麼，金刀王低聲道：「就當最後給我一個面子吧。」

王小軍無奈道：「好，你們先請。」

一群人又從一樓坐電梯上去，滿電梯的人都不同程度的頭臉帶傷，彼此既不說話，也沒有眼神交流，只有一個尷尬可言。

一行人上了樓，又進了一個大包廂，服務員看來是得到了特別吩咐，川流不息地給上酒上菜，不一會工夫就擺了一桌豐盛的酒菜。

可是跟氣氛不符的是，這些人自打進門還是沒一個人說話，金刀王默默地把王小軍請到主位上之後，就在下首坐下，這時飯菜齊備，桌上人你看看我，我看看你，連個開場的也沒有。

王小軍也不知這桌酒到底是啥意思，忍不住道：「那個……」

熊炆擺手道：「啥也別說了，小王主席，我們服了。」

王小軍遲疑道：「啥意思？」

熊炆道：「我們剛才也反省了，把你大老遠請過來就為了我們這些破事兒，的確是我們不應該。」

王小軍見人家開始說好話了，也訥訥道：「我發飆也不是因為這個……」

熊炆道：「明白，你願意摻合是你有交朋友之心，是我們幾個老傢伙不知好歹蹬鼻子上臉，你這頓巴掌一拍，把我們都打服了，沒別的，就衝我那幾句話，我先跟你賠個不是。」

王小軍嘿然道：「我腦子一充血，你說的啥我早忘了。」

秦祥林道：「他說要沒你爺爺，你狗屁不是。」

熊炆怒道：「姓秦的，你還在這挑事是不是？」

秦祥林擺擺手道：「不說你，我也看走眼了，說實話，一開始我跟你想法是一樣的，可是後來是見識了，小王主席有十分本事只講三分排場那是他低調，我們把人家謙虛當心虛，這頓打挨得是活該。」他站起身道，「小王主席，就衝你這身功夫，我也服你。」

王小軍從小就是吃軟不吃硬的主兒，兩個老頭一說好話，他臊得滿臉通紅，心裡也有點後悔，這一桌老頭加起來都快一千歲了，讓他一頓大巴掌都給拍在地上，要不是實在憋屈，這種事他以前也幹不出來。

金刀王囁嚅道：「小軍，今天這事確實是我不對，先不說把你當成小屁孩，因為私事也不該把你扯進來，你現在打也打了，罵也罵了，你還願意認我這個朋友嗎？」

王小軍漲紅了臉道：「快別這麼說了王老前輩，我也是多喝了幾杯……」

唐思冷不丁道：「你們不是還沒開始喝？」

王小軍愕然道：「我找個臺階也不行?!」

眾人都尷尬得笑了起來。

王小軍誠懇道：「我也衝動了，說好了你找我是來當和事老的，結果我一句話還沒說你就讓我退場，答應的是讓我當主角，最後連路人甲都沒讓我發揮，我這不是惱羞成怒了嘛?!」

眾人都哈哈地賠笑，覺得這句話說得十分懇切。

金刀王舉杯道：「不多說了，這杯酒我敬小王主席，敬咱們不打不相識。」

王小軍忙道：「該我敬各位前輩才是。」

熊炆瞪眼道：「剛才還挺好的，怎麼這會又虛偽起來了，我們是被你打服的，這杯酒就該我們敬你。」

金刀王道：「喝酒喝酒，不扯這個了。」他乾了酒，開始給王小軍介紹同桌的人，在座的都是河北鼎鼎大名的練家子，要在平時，免不了相互之間要吹捧半天，今天一起吃了敗仗，無論介紹到誰，誰都臊眉耷眼的。

王小軍不忘本職道：「說到底，熊前輩和秦前輩的事情打算怎麼解決？」

秦祥林擺手道：「那塊地我不要了，給他開超市去！」

熊炆不悅道：「噁心誰呢，你真以為我把塊地看在眼裡了？」

秦祥林道：「合著你以為我就看在眼裡啦？今天當著小王主席的面，我把話撂這，那塊地我不碰了，你拿去蓋廁所蓋化糞池我也不管。」

熊炆聽了道：「又賭氣是不是，那我也把話放這，那地我也不要了！」

他和秦祥林忽然一起指著金刀王道：「要不給你？」

金刀王把頭搖得跟撥浪鼓一樣：「老子不要！」

王小軍無語道：「我說一句行不？」

「你說。」一桌老頭急忙放下筷子酒杯凝立不動，生怕又得罪了這位武協主席。

王小軍道：「不管幹什麼，兩位前輩一起投資就是了，以後說起來也是一段佳話。」

秦祥林道：「那就這麼定了，我和老熊一起出錢，開超市！」

熊炆道：「還是開健身房吧。」

秦祥林道：「你是非得跟我爭是吧？」

熊炆嘿嘿一笑道：「這倒不是，我是真覺得你的主意比我的靠譜，我聽了你的話，也覺得每天賣一瓶醬油兩瓶醋的沒啥發展。」

眾人哈哈大笑，氣氛終於融洽到了極點。

金刀王感慨道：「早知道讓你一來就開打好了，費這半天勁！」

王小軍道：「王老爺子，咱們雖是武林人，可也不能真的誰的拳頭大誰說了算吧？」

他這麼說是有原因的，原來王小軍忽然想到自己以後要替武協去對付綿月，必將有一天要和他面對面地硬拼一場，如果武林人真的都信奉「拳頭即真理」，那對他來說可不妙！

同桌人聽了都是一怔，熊炆道：「小王主席又小瞧我們了，我們服軟是因為我們理虧，威武不能屈的道理還是懂的。」

王小軍笑道：「是我多嘴了，自罰一杯。」

金刀王熱烈道：「一起一起。」

飯吃到一半，開始四下互相敬酒，王小軍和幾個老頭一開始還你一聲「小王主席」我一聲「老前輩」地客氣，喝到後來乾脆稱兄道弟起來，一律改成了「兄弟我」，一屋子人喝得東倒西歪，其樂融融。

胡泰來感嘆道：「酒真是好東西啊，你再能打，也無非是誰都不去惹你，可是酒卻能把老頭喝成兄弟。」

這時王小軍電話響，他噴著酒氣接起道：「喂……什麼事，我跟我兄弟喝酒呢……」

隨著對方不知說了些什麼，王小軍忽然睜大眼睛道：「你再說一次！」

滿屋子人聽到他的口氣都放下酒杯，金刀王大大咧咧道：「這是誰跟我兄弟找碴呢？我一刀拍死他！」

王小軍示意他不要喊，沉聲道：「我馬上去找你！」他掛了電話問金刀王，「你們這裡是不是有個購物廣場？」

金刀王道：「對，怎麼了？」

「你能找人帶我去嗎？」

金刀王招手把大徒弟叫進來，囑咐他道：「小軍兄弟不管去哪兒，你管送管接。」

王小軍道：「老爺子，我有急事先走，晚上再來和你辭行。」

金刀王把手按在他肩膀上道：「好，有什麼事你就吩咐我徒弟辦。」

王小軍拱了拱手，拔腿就往外走，陳覓覓邊往外走邊問道：「小軍，什麼事？」

王小軍搖晃了幾下，陳覓覓急忙扶住他，王小軍帶著醉意，嚴肅地道：

「有人打電話，說有個年輕姑娘留了個口信給我，不過只有見了面才肯告訴我，我現在就去見這個人。」

「口信？」一眾人均感納悶，在這個有支手機就能解決一切的時代，這個詞聽起來有些陌生，也增加了幾分神秘。

陳覓覓道：「你懷疑這個姑娘是……」

王小軍點點頭：「我懷疑是青青。」

大徒弟開車把四個人送到購物廣場正門外就在車裡等著，王小軍下車後，眼睛四下逡巡，嘴裡念念有詞道：「正門以北奶茶店……在那！」

果然，在一排賣油炸零食和飲料的小攤中間，有一家奶茶店。

陳覓覓道：「確定？」

王小軍點點頭道：「我過去問問。」

他走到櫃檯前，一個看不出年紀、長相有些猥瑣的男人正在因為生意冷清，支著下巴在打量那些進進出出的女孩。見有人上前，無精打采道：「你要點什麼？」

「我剛跟你通過電話。」

老闆愣了一下道：「哦，是你呀。」

王小軍道：「你說的那個姑娘給我留什麼口信了？」

老闆賊兮兮道：「她可是答應給我兩百塊錢的。」

王小軍二話不說掏錢給他，老闆又瞅瞅王小軍他們一行人，嘿嘿笑道：「你們不要幾杯奶茶嗎？」

王小軍耐著性子又掏出一張錢放在櫃檯上，老闆把錢收了，這才張羅著去做奶茶，一邊道：「那姑娘說，今天下午兩點到五點，她會在購物廣場一樓的顧客休息區出現。」

王小軍道：「就這些？」

老闆攤手：「就這些。」

「那姑娘長什麼樣？」

老闆眼睛一亮道：「可漂亮了，而且看起來像是有錢人。」

王小軍道：「多謝了。」

老闆伸長脖子，眼睛裡閃爍著八卦之火道：「你們這是玩什麼呢，你肯為她花好幾百塊錢，居然不知道她電話？」

王小軍神秘地指了指天上，老闆仰頭看去，不明所以。

王小軍壓低聲音道：「打電話會被監聽。」他有意逗老闆，玄玄乎乎道：「現在你知道我們是幹什麼的了吧？」

王小軍他們人手一杯奶茶走進購物廣場。

這家購物廣場的頂棚是一面碩大無比的玻璃天窗，顯得十分高檔時尚，所謂的顧客休息區，其實就是一樓中心地帶圍繞立柱擺放的一圈長條木凳。

這個日子這個時間，並沒有多少人來逛商場，王小軍他們四個頗為扎眼。所以他們最終選擇在二樓肯德基坐下，通過玻璃牆，可以清楚地觀察下面的情況。

陳覓覓道：「兩點到五點見面，這個口信有點怪啊。」

胡泰來道：「說明青青現在的人身自由受到了約束，她不知道什麼時候能脫開身，所以只好給了一個模稜兩可的時段。」

唐思思不解道：「青青武功那麼高，誰能限制她的自由？」

陳覓覓道：「她能把我們引到這裡，那她就還有一定的活動許可權，青青大概是想告訴我們什麼事，而且你們注意到一件很重要的事情沒有，我們現在可是在河北，她利用奶茶店老闆通知我們到這裡和她見面，又說明了什麼？」

王小軍道：「我們的行蹤暴露了！」

陳覓覓道：「沒錯，扣押青青的人一直在關注著我們的去向，如果幕後主使是綿月，那我們現在就是獵物而不是獵人，我甚至想，這會不會是一個圈套，綿月把我們引進陷阱，對付我們這些人，他一個就夠了！」

唐思思緊張道：「那怎麼辦？」

王小軍道：「是禍躲不過，不過為了保存實力，你們還是先到別處躲一躲吧。」

陳覓覓搖頭道：「晚了，要真是那樣，我們一進來就被人盯上了。」

王小軍把頭枕著胳膊上，含混道：「不管了，我先養養神，一會打起來也不至於太吃虧。」

王小軍在睡覺，其他三個則多疑地東張西望，一邊還要盯著樓下的動靜，大約下午四點的時候，來來往往的人開始多了起來。

唐思思已經瞪得眼睛發酸，她揉了揉臉，無意中發現一樓顧客休息區，一個俏麗的女郎信步走到一張長凳邊，看似很隨意地坐下，然後整理手上一堆嶄新的購物袋。

唐思思遲疑道：「那個……是不是青青？」

胡泰來和陳覓覓也發現了這個女孩，王小軍聽到動靜抬頭看了一眼，篤定道：「沒錯。」

他站起身就要走，陳覓覓一把拽住他道：「先看看再說！」

王小軍失笑道：「有什麼好看的，我師妹我能認錯嗎？」

陳覓覓道：「不是讓你看青青，是看有沒有可疑的人。」

王小軍馬上冷靜下來，開始逐一地觀察段青青身邊的人。

唐思思一指樓下的某個角落道：「那不是丁青峰嗎？」

眾人順她手指的方向看去，就見丁青峰一身白衣，站在一根立柱邊上，他的腰上插著一根木棍，做成笛子模樣，其實誰都明白那是他的武器。丁青峰半隱半現地站在那，目光死死盯著段青青，顯然是在監視她，而段青青似乎並不知道。

王小軍道：「果然有尾巴。」

胡泰來道：「我去引開他。」

王小軍道：「不行，咱們都是熟臉，一露面就完了，我來想辦法。」

他忽然把喝剩的半杯奶茶端起來，掂量了半天，又覺得哪裡不如意，隨即把眾人的杯子都捏開，把裡面的顆粒都倒騰在一起，喃喃道：「丁兄多日不見，我請你喝杯加量不加價的珍珠奶茶。」

陳覓覓道：「你是想……」

王小軍道：「咱們在二樓，丁兄在一樓，所以——」他做了一個傾倒的姿勢。

陳覓覓斷然道：「不行，他一抬頭就會看到是你幹的。」

丁青峰站的位置恰好是在二樓玻璃圍欄下面，如果有人在他頭上倒東西，他確實一抬頭就能看得清清楚楚。

「你們看著就好了。」王小軍端起經過加工的奶茶，躡手躡腳地來到丁青峰頭頂，他端著那杯奶茶瞄了下面半天，然後把它半凌空放在護欄上，接著又悄悄退到丁青峰看不到的靠牆位置，一掌拍在了牆上！

陳覓覓恍然道：「他是想用剛學會的隔山打牛氣！」

王小軍一掌過後，那杯奶茶凝立不動，玻璃倒是嗡嗡響了起來，他自己也嚇了一跳，滿臉懊悔，隨即接二連三地在牆上拍了起來。

那一道道內力順牆而下，經過地面又爬上護欄，想到達奶茶杯底，對準頭的要求很高，王小軍初學乍練，只能估摸著來，眼見越來越不準，心裡不禁起急。

丁青峰站在那裡，就聽頭頂上彷彿有異響，開始也沒在意，過了一會兒，那聲音越來越不對勁，他終於忍不住抬頭看去，恰逢一杯奶茶呼嘯而降。

以丁青峰的身手，他要是早發現，零點幾秒都可以躲開，妙就妙在他抬頭時那杯奶茶已經身在半途，丁青峰眼見躲閃無望，下意識地長大了嘴……

「嘩——」一大杯奶茶不偏不斜地澆在丁青峰臉上、身上，無數「珍珠」更是遍佈全身，更有不少直接落進他嘴裡，丁青峰呸呸連聲，猝不及防下還是咽了幾顆。

他一身乾淨的白衣頓時成了黃褐色，圓滾滾的珍珠在他頭髮裡追逐打鬧，丁青峰抹了一把臉，跳到天井爆喝道：「誰幹的？」

二樓平臺空無一人，顯然那杯無人認領的奶茶是被風吹落的，對一個愛穿白衣服、有潔癖的人來說，丁青峰只覺身上臉上脖子裡無一處不黏，甚至連眨眼都變得費力，他無力地抖落幾顆珍珠，滿腔怒火無處發洩，只好垂頭喪氣地鑽進了洗手間。

丁青峰身上發生的一切，段青青置若罔聞，當丁青峰無奈去了洗手間之後，她忽然起身，大步走向購物區。

王小軍在暗中看得真切，顧不上招呼別人，落後十幾步跟在了段青青身後。

段青青進了一家精品店，隨手拎起一件大衣，走向後面的試衣間，王小軍緊跟著也一頭鑽了進去，回手插上了門。

段青青微笑道：「二師兄，想不到你還挺機靈的嘛。」

王小軍急吼吼道：「這些天你都去哪兒了？」

段青青道：「我參加武協考試沒過，你應該知道了吧？當時我覺得丟人敗興，沒臉去見你和大師兄，直想著乾脆回家算了。」

王小軍點點頭，段青青的脾氣他是很瞭解的，這位天之驕女從小到大就沒受過什麼挫折，心高氣傲，這就像學霸考試，一心以為穩上第一志願，結果成績下來連所三流學校也沒考上，心裡的挫折可想而知。

段青青又道：「我失魂落魄地離開少林寺，正不知該去哪的時候，綿月大師忽然找到了我，他跟我說他自己組了一個民協，主要是由江湖上的後起之秀組成，大家本著公平和睦的精神，要為武林和社會做一些事……」

王小軍嗤聲道：「他的傳銷課我已經聽過很多次了，後來呢？」

段青青道：「可想而知，這對當時的我來說幾乎是唯一的選擇，也沒有多想，心說先加入民協也好，又不妨礙我明年再加入武協，而且他跟我說，你也很快就會來的。」

王小軍苦笑道：「這個綿月大師壓根就不是什麼好鳥，他創立民協之後，首要的目標就是拆散武協，達到隻手遮天的陰謀，最主要的，他和余巴川是一夥的。」

段青青道：「這些我後來也知道了，當天我跟著綿月到了所謂的民協，卻發現這裡老朋友不少。」

王小軍插口道：「有武經年、丁青峰，嗯，唐缺可能也在。」

「沒錯。」段青青道：「這些人都是被武協考試淘汰下來的，也都即刻被綿月招攬進了民協，然後綿月告訴我們，為了給長輩們一個驚喜，先不要和師長聯繫，他馬上要有一個大動作，會讓整個武林都對我們民協刮目相看。從那時起，我們的電話就都被沒收了，而且要互相監督。」

王小軍道：「因為那時正在開武協大會，他要防止你們走漏風聲。」

段青青道：「再後來的事，綿月都沒有隱瞞，包括你們和他三局兩勝、師父出現、他帶著沙麗和余巴川敗走，我都知道。」

王小軍疑惑道：「他都人人喊打了，你們還跟著他？」

段青青道：「並沒有像你說的那樣，綿月說了，每件新生事物在開始的時候都免不了會被人誤解、排斥，我們只要堅持下去，遲早有一天會得到武林的承認。當然，他說得比我精彩多了，我估計你在場也會聽得熱血沸騰的。」

王小軍憤慨道：「你們之所以考試不過，是因為他做了手腳，你知道嗎？」

段青青道：「這些已經不重要了，而且後來綿月都跟我們坦白了。」

王小軍恨恨道：「這就是綿月的高明之處，他覺得隱瞞不了的事，便會直截了當地告訴你，然後再說服你。」

段青青道：「武協大會之後，你成了他的頭號敵人，你想到了嗎？」

王小軍苦笑道：「想到了，受寵若驚。」

段青青道：「綿月直言不諱地說，要想成事就要對付鐵掌幫，因此他特意問過我還願不願意繼續留在民協。」

王小軍道：「我也很好奇，你為什麼願意留下來？」

段青青道：「我得知道他要準備怎麼對付鐵掌幫。」

王小軍笑道：「以你的個性，沒有當場翻臉也真是難得。」

「我又不傻。」段青青道，「但是自那以後，我其實也成了他最不信任的人，我明顯感覺到他們有很多事都避開我，不論我去哪裡，身後總跟著尾巴，為了聯繫到你，我可沒少費心。」

「所以丁青峰跟蹤你，你知道？」

「當然。」段青青看了下時間，「丁青峰應該快出來了，我長話短說，這次見你，就是為了跟你說一句話。」

「什麼？」

「趕緊離開河北！」段青青一字一句道，「綿月已經對你動了殺心。」

王小軍道：「你覺得我能去哪兒？」

「回鐵掌幫，有師父和師叔的庇護，他們應該不敢硬來——」段青青忽然疑惑道：「說到這我很納悶，在綿月的計畫裡，為什麼把師父忽略掉了，難道這不是他目前才最該操心的嗎？」

王小軍嘆道：「看來綿月真沒把你當自己人，有些話他不對你說，只好我對你說了——我爺爺現在功力全失。」

段青青驚訝得捂住了嘴，王小軍道：「別細問了，總之很複雜。」

向來自信滿滿的段青青也變得有些失措道：「那我們下面還能倚仗誰？」

王小軍道：「還是我問你吧，綿月是不是特意派人跟蹤了我？」

段青青點點頭：「你剛到河北界內我們就都知道了，綿月的計策是跟車不跟人，所以你們去過哪裡他都清楚。」

「原來如此。」王小軍忽道，「那你和丁青峰在河北幹什麼？想來綿月不會派你們兩個來追殺我吧？」

段青青道：「所有新入民協的人都有一個任務，那就是至少再招募兩個新成員。」

「是要撬武協的牆角嗎？」

段青青道：「撬牆角只是一部分，還有那些沒參加武協的江湖名人和武林門派是我們主要的目標。」

王小軍笑道：「綿月這是要走薄利多銷的路線啊。」

段青青道：「你別笑，武協現今不過三百多人，整個武林又有多少門派？任民協這樣發展下去，武協很快就會勢單力孤。」

王小軍果然不笑了。撓頭道：「所以你來河北是發展新會員的，順便給我傳個警訊？」

「是的，河北門派林立，是綿月看好的重要發展地區。」

王小軍道：「你有名單嗎？」

「還真的有——」段青青掏出一張密密麻麻寫滿了名字地址的紙。

王小軍忙用手機拍了下來，一邊道：「這種東西綿月怎麼放心給你？」

「因為這種東西本來就不是秘密，現在民協和武協已經公然對峙，這些以前武協看不在眼裡的人，自然會對民協有天生的好感，你們武協要想保證純正血統，又要和民協對抗，會員的吸收問題你要處理好呀，我的小王主席。」段青青調侃地說。

段青青又緊接著道：「我的目的達到了，我再說一遍，趕緊離開河北，不要再開你們那輛破車了，你去幹你的事，綿月那邊我替你盯著。」

王小軍急問：「我該怎麼聯繫你。」

「別想著聯繫我，有需要我會想辦法找你的。」

眼看分手在即，王小軍百感交集道：「青青，你為什麼要做這麼危險的事，只是為了鐵掌幫嗎？」王小軍知道以段青青的性格，勸她收手她是肯定不會聽的，所以也就省了。

段青青笑道：「精神空虛的富家女想找刺激唄。」

「那你可注意別被洗了腦。」王小軍提醒她。

段青青道：「放心吧，別人加入民協無非是為了名利，這兩樣我都不缺，就拿我來見你的藉口來說，別人不幹活，每天逛商場早該被懷疑了，可放在本小姐身上，就誰也不敢說什麼。」

王小軍感慨道：「女孩果然還是要富養啊！」

段青青這才把拎進來的大衣穿在身上，在鏡前顧盼道：「我穿這件衣服好看嗎？」不等王小軍回答，她已經給出了答案，「其他都好，就是腰帶設計得太俗了。」

當兩個人一前一後走出試衣間的時候，店員都瞪大眼睛，然後露出了曖昧的眼神。

段青青小聲道：「你快走。」把手上的大衣交給店員道：「幫我包起來吧。」

王小軍快速離開，招呼陳覓覓他們上車回酒店。

路上因為有大徒弟在場，所以王小軍沒有多說。金刀王他們吃完中飯，就在酒店包了房打牌。王小軍他們新開了一間房，這才把和段青青見面的事說了一遍。

唐思思擔心道：「那青青豈不是很危險？」

王小軍道：「綿月根本不相信她，反而沒什麼關係，大不了把她趕出民協，現在最危險的是咱們。」

唐思思不禁打個寒噤道：「太可怕了。」

胡泰來道：「綿月說的大動作是指什麼呢？」

王小軍攤手道：「不知道，也許是隨便說說，但也有可能真的要放大招，所以我想留在河北，看他到底要幹什麼。」

陳覓覓道：「這樣吧，我開車去把尾巴甩掉。」

王小軍道：「沒用，你遲早得回來不是？」他笑嘻嘻道，「其實這個問題好辦，這個世界上又不是只有你我會開車。」

陳覓覓笑道：「沒錯，金蟬脫殼最適用我們現在這種情況了。」

王小軍道：「唯一的難點就是我們留在這裡需要一個隱蔽的地方住，還有不容易引起人注意的身分。」

這時金刀王推門走了進來，老頭臉上兀自帶著酒意，樂呵呵道：「小軍，晚上的酒我也安排好了，看樣子你得在這兒多住些日子了。」

王小軍道：「多住些日子沒問題，不過酒就喝不了了。」

金刀王詫異道：「怎麼了？」

王小軍認真道：「老王，我能相信你嗎？」

金刀王不悅道：「這叫什麼話？」

王小軍道：「你得在我和綿月之間做個選擇，武協和民協的事情你都知道了，毋庸諱言，他的實力要強過我，咱們倆又非親非故，你要是幫我的話，就會得罪他，所以你選他，我也不怪你。」

金刀王哼了一聲道：「這就是你不拿我當朋友了吧？」

王小軍坦言道：「沒有，我只是想不到你幫我的理由。」

金刀王微微一笑道：「你們王家人雖然做事一樣霸道，但那是建立在講理的基礎上，你爺爺打遍天下無敵手，從沒見他欺負過誰，這就是理由。反觀綿月，就憑他偷人東西這一條，我就覺得他不地道。」

王小軍咬咬牙道：「不管了，我也只能相信你——我得到消息，綿月可能會在本地搞事，而且他現在在追殺我們，我需要你給我們找個安全的住處。」

金刀王道：「這個不難。」

王小軍掏出富康車鑰匙遞過去道：「另外，需要你找人開著我們的車，把跟蹤我們的人引開。」

「這個也好辦。」金刀王把他的大徒弟喊進來，把車鑰匙拋給他道，「開著這輛車趕緊離開本地。」

大徒弟疑惑道：「那我去哪兒？」

金刀王道：「順著黃河一直開，我不叫你永遠別回來。」

「好。」大徒弟也不多問，拿著鑰匙直接出門走了。

王小軍又感動又好笑道：「你可別把他忘了。」

陳覓覓依依不捨道：「王老爺子忘了他徒弟，我也不會忘了我的車的。」

金刀王道：「我這就給你們解決住處。」他掏出一個小本子翻看著，一邊問：「有什麼要求嗎？想住樓房還是平房？市區還是郊區？」

老頭作為資深土豪，有多處房產自然也不稀奇。

王小軍道：「能住下我們四個就行，最好也別太偏。」

金刀王忽然合上小本道：「我想起來了，城裡有個小院很適合你們，鬧中取靜、家電齊全。」他拿起紙筆寫了一個地址道：「你們直接去吧，鑰匙就在跳進院子以後門邊第一個花盆底下。」

王小軍接過道：「謝老爺子！」

金刀王道：「對外我就說你們已經走了，你們不聯繫我，我也不會主動聯繫你們，就當從沒有過這事兒。」

王小軍笑道：「看看，不愧是人老精鬼老滑。」

金刀王：「……」

金刀王走後，王小軍道：「咱們也走吧。」

陳覓覓忽道：「不行，我們不能就這麼出去。」

唐思思奇道：「怎麼了？」

陳覓覓道：「說不定跟蹤我們的人還沒走，這裡到處都是民協的人，萬一碰上，咱們就前功盡棄了。」

胡泰來道：「遇上秦祥林他們也說不清。」

王小軍道：「那咱們裹著浴巾衝出去？」

陳覓覓瞪了他一眼，忽然道：「對面就有給人化妝的！」

原來這是一所高檔酒店，經常舉辦主題舞會一類的活動，所以對面的美髮店乾脆推出了相應的服務。

「打電話把他們叫來。」王小軍道。

不多時，一男一女兩個化妝師提著碩大的箱子敲門進來。

那個男化妝師描著眼線，臉上擦得花白，還塗著淡青色的唇膏，王小軍一見眼睛就亮了：「對對對，你就給我弄個這樣的。」

男化妝師很職業地問：「幾位帥哥美女要參加什麼主題的晚會？」

王小軍道：「反正儘量要浮誇點的。」

男化妝師道：「化裝舞會？」

·第五章·

蓮花掌

吃過晚飯之後，王小軍真的開始「研發」起蓮花掌來，兩隻手在身前來回比劃，嘴裡念念有詞：「蓮花掌……有難度啊，像老胡他們門派叫黑虎門，起碼能搞個黑虎撲食、猛虎擺尾什麼的，這蓮花化到掌法裡可怎麼玩嘛？」

王小軍剛想點頭，唐思思急忙拉住他道：「這個不行，你想，咱們四個要是頂著吸血鬼、鋼鐵俠的行頭出去，不引人注目也引人注目了。」

王小軍忙道：「我們就要那種搞完連親媽都認不出是你的妝。」

男化妝師一聽道：「這是我本行。」

王小軍道：「什麼意思？」

男化妝師自豪地道：「我以前是搞婚慶業務的，專給新郎新娘化妝，『化得連親媽都認不出來』是很多人給我的評價。」

王小軍點頭道：「那我就放心了。」

接下來的時間，男化妝師大展手腳，原來那女孩只是他的助手，很有默契地幫他遞這遞那，一個多小時過後，王小軍他們每個人都被畫了眼線、塗上了白粉和唇彩，活像四個要去登臺作秀的。

王小軍看著鏡子裡的自己，黑著一張臉道：「早知道你還不如給我們每人一個面具呢。」

男化妝師委屈道：「各位不滿意嗎？」

唐思思道：「你光把我們打扮成妖豔賤貨了，可距離『我媽都不認識我』還有距離啊！」

王小軍道：「沒錯，我們要的是化了妝以後沒人能認識，你不但沒做到，而且卸了妝以後還能看出剛才化了妝的是誰，這就太過分了！我好歹也是個主席，讓熟人碰見，我就沒法混了。」

男化妝師緊抿嘴唇，看了看女助手道：「難道非得逼我出絕招了嗎？」

女助手小心翼翼道：「不知道他們會不會同意？」

王小軍燃起一絲希望道：「有絕招早使嘛，話說你的絕招是什麼啊？」

男化妝師從箱子裡拿出四頂假髮來：「天快黑了，你們用這個擋上點吧……」

王小軍他們從酒店的旋轉門出來，每人一頂長髮，摸索著往前走——男化妝師沒騙他們，這頂假髮一戴，別說別人，就是他們互相都彼此不認識了。

四個人上了一輛計程車，不等王小軍報出地址，司機就問：「咱們去哪個酒吧？」

王小軍弱弱道：「我們不去酒吧，我們去這兒。」

車子七拐八拐，最後停在一個社區的後面，房子就位在一條靜謐、乾淨的巷子裡，果然是鬧中取靜，地理位置極佳。

眾人進了小巷，遠遠地透過一人多高的柵門就可以看到寬敞的院落，這居然是一個獨門獨棟的所在。

陳覓覓躍進去，從花盆下面拿了鑰匙開了門，大家進屋後，發現裡面別有洞天，光是客房就有好幾間，一應生活用具齊備，只是上面落了一層灰，顯然有個把月沒人住了。

陳覓覓摘下假髮在手上把玩著道：「總算到了。」繼而有感而發道：「好懷念楚中石的手藝。」

胡泰來道：「我餓了，咱們先去吃飯吧。」

王小軍把假髮撥開一個洞口看著他道：「就咱們現在這副尊榮？回來晚了還不得在路上嚇死別人——還是叫外賣吧。」他用手機搜索附近的飯店，點了四人份的菜飯，照著金刀王給他的紙條報了地址。

陳覓覓看著院外道：「我總感覺這像是練家子待過的地方，你們看牆邊那個印跡，像不像兵器架留下的？」

王小軍道：「很正常，這是老王的舊宅嘛。」

在等飯的過程中，王小軍翻出從段青青那裡拍的名單端詳著，失笑道：「這上面咱們見過的朋友還真不少。」

上面詳細記錄著河北本地的門派名稱、掌門是誰、所在地址，中午參加宴會的很多人都在名單上，熊炆和秦祥林也赫然在列。

胡泰來道：「民協可以光明正大地招兵買馬，武協還得考試，而且六大常委如今形同虛設，咱們得趕緊想辦法遏制綿月。」

王小軍咂摸著嘴道：「早知道就讓熊炆和秦祥林直接入武協了。」

這時院外門鈴響起，唐思思道：「外賣來了，我去開門。」

王小軍把假髮扔給她道：「遮上點，別把外賣小哥嚇死。」

唐思思把假髮往頭上一扣，快步走出去打開了院門。

「請問，這是李老爺子家嗎？」

門口站著兩個人，當先的壯漢客氣地問了一句。

他身後的青年長相十分英俊，但板著臉，嘴角下垂，顯得一副輕蔑樣。

唐思思一見這人，頓時嚇得手腳冰涼——原來不是別人，正是自從武協考試失敗以後就失蹤了的唐缺；而頭前那壯漢唐思思也認識，是武經年！

她一驚之下不知該說什麼，愣在了當地。

武經年見開門的是個怪裡怪氣看不見臉的姑娘，又不說話，也不以為意，徑直向屋子裡走去。唐思思這會兒再想阻攔已經晚了，急中生智，猛烈地咳嗽起來。

屋裡的三個人看在眼裡，也露出了駭異之色，王小軍緊張道：「他們怎麼這麼快就找到我們了？」

他的手指在手機螢幕最後一行劃過，無意中掃了一眼，忽道，「咦，這個地址怎麼這麼眼熟？」那個地址，正是他剛才點外賣時報過的，地址前面寫著：蓮花掌掌門李威。

王小軍瞬間明白了——這個院子是李威以前住的地方，不知為何到了金刀王手裡？武經年和唐缺則是代表民協來這裡招募李威的！

胡泰來眼見兩人就要進來，急道：「怎麼辦？」

王小軍冷靜道：「不要慌，他們是來找李威的。」他順手撿起假髮又頂在頭上，壓低聲音道：「把他們打發走再說。」

武經年走到門邊敲了敲道：「有人嗎？」

唐缺卻直接推門走了進來，接著一愣：屋裡的三個人跟外面那個一樣都是長髮飄飄，既不起立也不說話，甚至不知道他們是不是在注視著自己，這場面任誰見了都得覺得怪得慌，要不是天才剛擦黑，唐缺幾乎要一把飛針射過去了。

武經年尷尬道：「那個……請問李威李掌門在嗎？」

王小軍他們透過密密匝匝的假髮傳遞著眼神，卻是誰也不敢輕易開口。

武經年又問了一遍，王小軍這才無奈地壓著嗓子道：「你們找他有什麼事？」

武經年道：「是這樣，我們是代表民協來的，民協是一個剛成立不久的武林協會，發起人是少林的綿月大師……」

唐缺不耐煩道：「我們想請他加入我們的民協，就是這樣。」

王小軍道：「他出遠門了。」

武經年道：「那你是？」

王小軍冷不丁掃見牆上有張全家福，照片裡一對老夫妻帶著一男一女兩個年輕人在院子裡合影，王小軍鬼使神差道：「我是他兒子。」

武經年道：「那請問令尊什麼時候回來？」

「不清楚，可能得幾個月。」

王小軍心裡直叫苦，匆忙之中他也不知道為什麼要說自己是李威的兒子，但潛意識告訴他這麼做是對的，他這個年紀，要說是李威的朋友，那也太惹人懷疑了。

唐缺冷冷道：「既然如此，我們告辭了。」

眾人都暗暗鬆了一口氣。

不料武經年卻伸手攔住了唐缺，客氣道：「原來是李兄弟，幸會，令尊是蓮花掌的掌門，想必你掌上的功夫也不會差吧？」

王小軍不知該如何回答，模稜兩可道：「家傳的武功，算是學過幾年。」

武經年眼睛一亮道：「不知方不方便討教幾招？」

「呃……」

王小軍是瞭解武經年的，知道他跟胡泰來一樣是個武癡，他說這樣的話是因為見獵心喜，但只要一動手，誰都能一眼看出他就是王小軍；可是作為武林世家的子弟，別人出言挑戰，不應戰似乎也不大合理。只是他不知道李威的功夫怎樣，更不清楚他兒子的成色，連蓮花掌他都是頭一次聽說。

這時唐思思走了進來，小心翼翼地順著牆邊往裡邊挪，唐缺畢竟和她從小到大一起生活了十幾年，忍不住道：「我怎麼看你這麼眼熟？」

王小軍馬上道：「別亂套交情啊，那是我朋友的女朋友。」

唐缺翻了個白眼，倒是沒再多說什麼。

武經年見自己的提議無人回應，只得尷尬地笑了笑，又道：

「李兄弟，不知你有沒有興趣加入我們民協，民協是咱們武林人自己的組織，宗旨是利用咱們學的武功服務於社會，最適合你我這樣的有志青年，不管令尊入不入會，我們都歡迎你的加入。」

陳覓覓聽了吐嘈道：「這套說辭你們都練過吧？」

武經年道：「這位是？」

王小軍胡謅道：「這是我妹，那倆是我朋友，我們組了一個樂隊。」

武經年道：「如果是武林同道，我們一併歡迎。」

王小軍道：「我考慮考慮。」

唐缺譏道：「你考慮考慮？我們民協可不是誰都能進的。」

王小軍脫口道：「還要考試嗎？」

唐缺道：「考試倒是不用，但你最好在入會之前能露兩手，對那種濫竽充數只想進來圖個新鮮的人，我們是不歡迎的！」

王小軍道：「如果我決定加入，一定會露兩手的。」

武經年試探道：「那……我們明天再來？」

王小軍道：「不如你留個電話，我有需要的時候找你。」

「好。」武經年不疑有他，掏出個小本，撕下一頁，寫了號碼，然後說道：「希望能儘快再見。」

武經年他們走了很長時間以後，屋裡的人才真正鬆了一口氣，唐思思坐倒在椅子上，心有餘悸道：「不是冤家不聚頭啊！」

王小軍苦笑道：「我們早該想到，和金刀王聯繫最多的就是江湖人，他把武林朋友的房子借給咱們，一點也不奇怪。」

陳覓覓道：「那這個李威哪去了？」

「我打電話問。」王小軍馬上撥通金刀王的電話。

「你們到了嗎？住的怎麼樣？」金刀王問道。

王小軍開門見山道：「老王，我問你，這個房主，也就是李威，他也是咱們武林人士嗎？」

金刀王道：「沒錯，他是蓮花掌的掌門。」

「我以前怎麼從沒聽過？」王小軍說完有點心虛，作為武協主席，江湖上他沒聽過的人太多了。

不料金刀王卻道：「正常，說是一個門派，其實就他自己一家子自娛自樂，不過這老頭性子豪爽、愛交朋友，誰也不去較真，他好武也不假，於是我們有啥活動也就帶他一個。」

王小軍道：「就像有錢有閒、喜歡到處拍照的土豪入影協鍍個金？」

「可以這麼理解。」

「他人呢？」

金刀王道：「移民去澳洲了。」

王小軍詫異地張大了嘴：「啊？」

金刀王嘿然道：「老頭肺不好，北京的塵霾都飄到河北來了，老頭有次去澳洲旅遊，發現那空氣好，就辦了移民，他可能覺得作為江湖人這麼做有點不夠義氣，所以沒大肆宣揚，房子就丟給我，讓我幫他照看著。」

王小軍邊聽邊點頭，忽然道：「最重要的一個問題——他武功到底怎樣？」

金刀王想了一會兒道：「這怎麼說呢，算是不怎麼樣，大家都知道他的情況，誰也不和他真動手，有時候聚會彼此切磋一下，他也就是自己表演一段，大夥哈哈一笑，拍拍手也就過去了，蓮花掌這個門派別說你，我們都沒聽過，可能是老頭『自創』的。」

王小軍道：「他有一個兒子一個女兒，他們叫什麼名字？」

金刀王道：「兒子叫李浩，女兒叫李嫣——你問這些幹什麼？」

王小軍道：「他們武功怎麼樣？」

金刀王輕蔑道：「現在的年輕人誰願意吃這個苦，雖說這倆算是蓮花掌的弟子，不過從沒見他們練過功，我們有什麼活動也沒出席過。」

「沒事了。」王小軍掛了電話沉默了好一陣，忽然目光灼灼道：「我有個主意！」

陳覓覓斷然道：「不行！」她看著王小軍道：「我知道你在想什麼，你覺得這是個不錯的機會，可是你想過沒有，要想不穿幫，得應付很多問題，首先，李威嚴格說來不算武林人，甚至誰都不知道他到底會不會武功。」

王小軍道：「我正是看中了這一點，正因為誰也沒見過他出手，他的武功是高是低，也就沒人知道。」

陳覓覓道：「要想引起綿月的注意，憑三腳貓功夫可不行，而李威搞不好就是隻三腳貓，更別說他的兒子了。」

王小軍攤手道：「韜光養晦的世外高人，平時不屑和人一爭高低，這說得過去嗎？」

陳覓覓道：「那為什麼突然肯發光發熱了？」

王小軍道：「是綿月大師的思想感動了我，畢竟我還年輕，不想像老一輩那樣過隱居的日子。」

唐思思本來越聽越糊塗，這時才後知後覺道：「小軍，你不會是想冒充李浩去民協臥底吧？」

胡泰來不可置信地道：「你現在是武協的領袖，這種活要幹也是我去，哪有兩軍對陣，一方的主帥潛入敵方當間諜的？」

王小軍笑道：「這就叫不走尋常路，何況你用的是拳，一進去就會露餡。」

陳覓覓道：「可你別忘了，你的計畫要想成功，有一個人是躲不開的。」

王小軍道：「楚中石。」

陳覓覓道：「沒錯，他跟千面人同屬神盜門，很大的可能是替綿月賣命的。」

「那他為什麼要幫我們對付千面人？」

陳覓覓道：「同行之間為了業績互相使絆子很正常，可你針對的是他們老大就不一樣了，他很可能扭頭就告訴綿月你的計畫，那你不是自投羅網嗎？」

王小軍道：「我總覺得沒那麼簡單，你就讓我試一試吧。」

陳覓覓不解道：「就算你混進民協又能做什麼呢？」

王小軍道：「我想知道綿月的『大動作』是什麼，我越琢磨越覺得他不可能只是隨便一說，他苦心孤詣地要解散武協，一定有陰謀！」

陳覓覓道：「你打算怎麼試？」

「我先打個電話。」

他撥通楚中石的號碼，不等打招呼，楚中石已經憤憤道：「王小軍，你說過的話到底算不算數？我可是嚴格按照約定履行了諾言，你什麼時候把欠我的二十三掌給我？」

王小軍道：「你來河北，我一次把鐵掌三十式都給你！」

楚中石懷疑道：「真的？」

「絕不食言。」

楚中石狐疑道：「你是不是又有事求我？」

王小軍也不隱瞞：「我要你把我化裝成一個人。」

「果然沒好事。」

王小軍鄭重地道：「楚中石，我最後問你一次，你真的不知道誰是你的雇主嗎？」

「這是行規，我們從不與雇主見面。」

「那為什麼千面人不是這樣？」

楚中石道：「你別跟我提他，我知道他最近和雇主混到一起去了，這是嚴重違背職業道德的。」

王小軍又道：「我問你一個假設性的問題，如果有人要對付你的雇主，你會怎麼辦？」

楚中石立馬回道：「跟我沒關係。第一，如果遵守行規的話，我們不應該知道雇主是誰；其次，雇主託我的事我會辦好，但他遭受別的事情就和我無關了，就像你去車行，人家只負責修好你的車，你不能指望師傅既給你的車噴漆，還能調解你和老婆的感情糾紛。每一個行規都是有它的道理的，我們這行千百年傳承下來更是如此，你想，要是我們每接一單生意都和雇主成了朋友，那別人找你偷他東西的時候，你幹還是不幹？久而久之都成了熟人，我們靠什麼吃飯？所以別拿我跟千面人比，我們不一樣。」

王小軍笑道：「想不到你還是個守舊的人。」

楚中石糾正他：「是傳統！」

王小軍道：「你到了河北以後給我打電話。」他掛了楚中石的電話，對陳覓覓道：「最重要的一個問題解決了。」

陳覓覓搖頭道：「不，最重要的問題不是楚中石。」

「那是什麼？」

陳覓覓一字一句道：「最重要的問題是你根本不會蓮花掌，你進了民協，不需要綿月試探，一個三流角色跟你比劃兩招，你就馬上暴露身分。」

胡泰來道：「沒錯，你說我用拳不行，你更不行，民協裡的人對你鐵掌的熟悉程度，只怕比對自己本門的武功還要深！」

王小軍撓頭道：「嗯，這是個問題！」

陳覓覓勸阻道：「所以你還是死了這條心吧。」

王小軍道：「可是你承不承認這是個絕好的機會？」

唐思思道：「機會是給有準備的人的。」

王小軍忽然眼睛發亮道：「說蓮花掌是一個門派，其實誰也沒見過它到底是什麼路數，我可以自己編一套啊！」

陳覓覓無語道：「你太異想天開了，再名不見經傳的門派，能流傳下來也必定有過人之處，你隨便胡搞出來的招式能瞞得過別人嗎？」

王小軍道：「所謂的蓮花掌就是李威自創的，為什麼我不能？」

陳覓覓道：「可是想讓綿月倚重你，你得有真本事，滿分是十分的話，你起碼得表現出五六分的樣子，你覺得你短時間內能『自創』出這麼高分的武功嗎？」

王小軍道：「有鐵掌打底，再加上點華而不實的東西，應該差不多。」

陳覓覓見他決心已定，咬了咬嘴唇道：「這樣吧，只要你『自創』的武功能騙得過我，我就讓你去！」

吃過晚飯之後，王小軍真的開始「研發」起蓮花掌來。

他在屋裡走來走去，兩隻手在身前來回比劃，嘴裡念念有詞：「蓮花掌……有難度啊，你像老胡他們門派叫黑虎門，那還能跟著名字來，起碼能搞個黑虎撲食、猛虎擺尾什麼的，這蓮花化到掌法裡可怎麼玩嘛？」

唐思思舉著手機道：「先給你看看蓮花的圖片。」

王小軍道：「你幫我搜搜關於蓮花的成語才是正經。」

唐思思鼓搗了一會兒，低頭念道：「有舌燦蓮花，步步生蓮、並蒂生蓮，再也沒啥了。」

王小軍愈發苦惱道：「果然不好搞，這舌燦蓮花能怎麼用？難道打著打著朝人吐口水嗎？」

胡泰來道：「一些小門類的武功中確實有類似的套路，做出各種怪相以分敵人的心神，可你確定要這麼做嗎？綿月可是少林高僧，能容忍有個一比武就吐口水的手下？」

「那這個跳過——」王小軍道，「步步生蓮，把它運用到步伐裡？」

陳覓覓忍不住道：「你總算靠譜了一次。」她接過唐思思的手機，翻出蓮花的圖片道：「蓮花是一種層次感和空間感都很強的植物，如果要讓我根據蓮花創造一門武功的話，我會抓住它這個特點。」

王小軍道：「老司機一語點醒夢中人啊！」

他湊近手機端詳著，螢幕上那朵蓮花繁盛美麗，花瓣密密匝匝、有序地擴展，在有限的空間裡給人以無窮的想像。王小軍不由自主地把那些花瓣看做落腳的方位，快速踏動，身子忽前忽後，居然也起到了幾分讓人眼花繚亂的感覺。

王小軍一邊來回躥動，一邊得意道：「我自創的『蓮花步』怎麼樣？」

唐思思點頭道：「嗯，像跳舞機。」

陳覓覓道：「你能再莊重點嗎？蓮花代表聖潔，別老想著吐人口水。」

「我注意。」王小軍道，「步法有了，就差掌法了。」

胡泰來無語道：「這就算步法啦？你這武功也創得太容易了吧？」

唐思思道：「幸虧是蓮花掌，李威要是松子掌的掌門，發明松子步還不得把你累死？」

王小軍笑嘻嘻道：「不要嫉妒我的天分嘛。」

陳覓覓白了他一眼道：「你自己玩吧，我睡覺去了。」

唐思思道：「我跟覓覓一個屋睡。」

王小軍看看胡泰來道：「老胡，想不想親眼見證偉大時刻的到來？」

胡泰來擺擺手，往另一個房間走去。

王小軍在他身後喊：「你是怕犯忌諱嗎？我不介意你看。」

胡泰來道：「不是，我今天想早睡。」

……

王小軍一個人在屋裡踏著他的「蓮花步」，忽然感覺一雙手卻沒地方放了。

他嘴上說笑，其實明白要創造一門武功絕對不是容易的事，尤其是要騙過綿月這樣的絕頂高手。他對鐵掌的理解已到了頗為高深的地步，但也就造成了他一出手就會露出痕跡的弊端。

這時，蓮花的形象又浮現在他腦海裡，王小軍忽然靈機一動：既然已經有了蓮花步，那蓮花掌自然也可以用同樣的道理打出來。

想到這兒，他定住腳步，先在身前構想了一朵蓮花的樣子，然後用雙掌快捷無比地填充進每一朵花瓣裡，打了十幾分鐘，站到穿衣鏡前自己演練了一遍，隨即喃喃道：「不行，樣子太難看了。」

他的掌速是夠快了，但看上去還是跟胡掄一樣，既沒有體現蓮花的美感，也不像一門武功，還不如說是狗熊打架。

王小軍放慢動作，試著從鏡子裡找到問題的源頭，打著打著忽然道：

「是層次！」

原來他發現，之所以沒有半分美感可言，是因為他的手掌全在一個平面，這樣一來就跟擦玻璃似的，鬼才能看出這是蓮花。

他不氣餒，在腦子裡重新想像出一朵蓮花，然後分出層次把手掌按在那些花瓣上……

天剛放亮的時候，胡泰來出於習慣早早起來，洗了一把臉剛想出去練功，忽然發現院子當中站著一個人！

胡泰來一激靈，守在門口道：「誰在那？」

那人聞言扭過頭來，冷冷道：「你是誰？」

胡泰來一看之下頓時大吃一驚，他本以為是王小軍，但那人一回頭，他才發現是個陌生人，這人不到三十歲，外貌普通，這時正瞪著一雙眼睛盯著胡泰來，胡泰來脫口道：「王小軍呢？」

那人道：「我不認識什麼王小軍，你為什麼會在我家裡？」

胡泰來恍然：眼前這人是李威的兒子李浩！

胡泰來下意識道：「你不是移民了嗎？」

李浩冷笑道：「這是把我們家底細摸清了才來的啊，你們想偷什麼？」

胡泰來發窘道：「別誤會，我們是你父親的朋友。」

李浩道：「那我怎麼從沒見過你？」

「呃，確切的說，我們是金刀王的朋友。」

李浩道：「我也不認識什麼金刀王，你不用打岔了，做賊就是做賊，扯那麼多幹什麼？」

胡泰來略有不悅道：「李兄，我們真不是小偷，你不歡迎，我們走就是了。」

李浩掃了胡泰來一眼道：「看樣子你也是練家子，來，咱們比劃比劃，你要能打過我，就說明你是我爸的朋友。」

胡泰來壓著怒意，轉念一想這也是個辦法，李浩見識過自己的武功後，自然不會再把自己當賊了。他走到院子當中抱拳道：「那就得罪了。」

「看掌！」李浩已經猱身而上，只見他腳下東一挪西一挪，已經貼上胡泰來，手掌一舉就拍向胡泰來的肩膀。

胡泰來右拳迎上，希望能讓對方知難而退，他性子沉穩，本不是容易輕敵的人，不過聽金刀王話裡的意思，這李家父子其實跟不會功夫沒什麼兩樣，所以他盡力克制，怕傷了對方。

不料這李浩腳下一閃避開他的拳頭，刷刷刷三掌已拍了過來，胡泰來心中一凜，知道碰上了勁敵，這李浩的功夫絕不是金刀王說的那樣！

兩個人在院子裡你來我往地戰在一處，瞬間就過了幾十招，李浩身形快捷，掌法也是極快，跟胡泰來的沉穩剛勁恰好相映成趣，胡泰來心中暗暗詫異，年輕一代裡的高手他見得多了，想不到李浩不聲不響的居然能有這樣的身手，他幾次想用錯步拳，但李浩步伐小且轉換頻率高，他竟找不到時機。

這時陳覓覓和唐思思也聞聲趕到，二人乍見李浩都吃驚不小，陳覓覓找不到王小軍，索性在一邊靜靜觀戰，一看之下不禁納罕：這世上難道真的有蓮花掌？

李浩雙掌接連速發，戰到酣處，空中冷不丁出現了一片由掌印組成的蓮花，胡泰來這時再無懷疑，大聲道：「李兄，我們真不是小偷，你不要再苦苦相逼了！」

原來隨著戰況激烈，胡泰來發現不拿出十分的本事還不好贏他，可畢竟是自己等人理虧在先，占人房子又打房主的事，他老胡一輩子也幹不出來，所以心裡有了退意。

這時李浩步步緊逼，雙掌不斷綻放出蓮花掌印，胡泰來要想止住頹勢，只有奮起反擊一條路可走，可那樣不免會有損傷，他這麼一思前想後不免出神，李浩趁他不備，在他肩頭按了一掌，胡泰來不住後退，終於被推得靠在了牆上。

李浩一招得手，慢慢撤了架勢，神情肅穆，下一刻，他忽然禁不住滿臉得意之色，哈哈大笑道：「你們服不服？」

陳覓覓按住唐思思伸進包裡的手，大聲道：「王小軍，你玩夠了沒？」

「李浩」詫異道：「靠，這都被你看出來了？」

唐思思和胡泰來聽了他最後一句話的聲音，吃驚道：「王小軍？」

原來這李浩居然是王小軍扮的！

王小軍看著陳覓覓道：「你是怎麼看出是我的？」

陳覓覓哭笑不得道：「你要不是那麼得意，我還真看不出來是你！」

王小軍站在那眉飛色舞，唐思思左右張望道：「楚中石呢，你真把鐵掌三十式都教給他啦？」

王小軍道：「沒錯，我和他做了一個交易。」

胡泰來道：「你不打算跟著他找幕後主使了？」

「反正大家都心知肚明就是綿月，這麼做已經沒意義了。」

唐思思走上前仔細端詳著王小軍的臉，嘖嘖讚嘆道：「還是楚中石活兒好！」

王小軍笑嘻嘻地看著陳覓覓道：「我自創的蓮花掌怎麼樣？我覺得李威見了我這套掌法，八成立馬把蓮花掌掌門傳給我！」

陳覓覓撇嘴道：「華而不實，打出幾朵蓮花來就是蓮花掌啦？你無非仗著底子好，用速度和力量遮掩了招式裡大量不合理的地方。」

王小軍聽她揭穿了自己的底細也不以為意，嘿嘿笑道：「夠用就行——來，進屋幫我分析分析人物性格。」

胡泰來邊走邊道：「你是要重塑一個李浩嗎？」

王小軍點頭道：「對，必須要改一下設定，不然誰都能看出來這是李浩版的王小軍，不用動手就穿幫了。」

說到這兒，眾人不約而同地抬頭看著牆上李浩的照片。這是一個外表看上去平平無奇的年輕人，眼中既沒有奮發激進的熾熱，也沒有紈褲子弟的玩世不恭，是那種不深度接觸絕對無法揣測其性格的普通人，就像一塊方方正正的木料，工匠沒完工以前，誰也不知道它會成為一個板凳還是一張椅子。

王小軍摸著下巴道：「李浩雖然身在蓮花掌這個門派裡，但其實算不上武林人，這一點倒是跟我之前很像。」

胡泰來道：「有區別，你不摻和武林的事，那是因為你不相信武林的存在，照現在的發展，李浩學了一身武功，多少還是瞭解一點江湖的，但這麼多年來他默默無聞，那是為什麼？」

陳覓覓道：「如果把李威設定成一個世外高人的話，他兒子這麼做也就可以理解了，這是一個大隱隱於市的武林世家，平時和武林同道們也就是嘻嘻哈哈的點頭之交，其實不太屑於和一般人動手。」

王小軍拍手道：「這個設定我喜歡，扮豬吃虎什麼的最喜聞樂見了。」

陳覓覓接著分析道：「所以李浩是一個很清高、很自傲的人，有點孤芳自賞。」

唐思思道：「可是一般這樣的人其實是很希望被關注的，抓住機會也會表現自己，李浩為什麼這麼多年一次也沒展露過武功？」

陳覓覓道：「那是因為他覺得還沒有值得他出手的人或事。」

王小軍道：「越說越上道了，這就讓李浩有了被綿月說動的基礎，多年沉寂，希望有朝一日一鳴驚人……咦，為什麼我有種丁青峰的即視感？」

唐思思笑道：「還真有點像。」

王小軍道：「那我去了綿月那以後，是不是也得表現得那麼討人厭？」

陳覓覓分析道：「丁青峰的驕傲是有攻擊性的，因為他是點蒼神劍，打小就被師兄弟們捧著長起來的；李浩不一樣，他沒有師兄弟，平日也不和人動手，難免會信心不足，就像一個美女好幾年沒下樓，再出門的時候，自然會懷疑自己的審美能不能跟上時代，所以李浩應該是自傲和自卑相結合的。」

王小軍道：「好複雜，你們說我能演繹得了嗎？」

陳覓覓道：「先給我一個梁朝偉的眼神。」

胡泰來好笑道：「那是什麼樣？」

王小軍道：「我知道，就是那種可憐巴巴、欲語還休，想撒手又不甘心的眼神——你看這樣行嗎？」說著，遞給陳覓覓一個眼神。

陳覓覓咯咯笑道：「梁朝偉要是有這樣的眼神，大概只能去拍便秘藥的廣告了。」

王小軍嘿然道：「不要這麼刻薄嘛，這麼說，你同意我去了？」

陳覓覓道：「只有一個條件。」

「你說。」

「帶我一起去！」

·第六章·

臥底

王小軍這次來民協臥底，打算倚仗搶眼的身手直接做到高層，然後再根據綿月的計畫來對付他，想要做到這一點，就需要體現出壓制別人的武功，對上武經年梅仁騰這樣的自然不在話下，但是要打敗沙麗，就一定會暴露身分！

王小軍吃驚道：「這可不行，你又不會『蓮花掌』！」

陳覓覓道：「你能練會自然我也能，別忘了李浩和李嫣是同門。」

王小軍連連搖手道：「不行不行，武林裡都知道咱們倆形影不離，要是連臥底也一起出現，勢必引起綿月的懷疑。」

陳覓覓道：「我不管，你要不別去，要麼帶上我。」

王小軍急道：「你不能不講理啊！」

陳覓覓微笑著問胡泰來和唐思思：「我是不講理的人嗎？」

胡泰來實話實說：「不是……但是我覺得去綿月身邊臥底本來就是個不靠譜的計畫，更別說你們一起去了。」

唐思思想了個歪主意：「要不，把我和老胡也帶上，咱們四個到哪兒都在一起！」

王小軍冷著臉道：「你這是去臥底還是集體自殺？」

陳覓覓堅定道：「小軍，不用多說了，你不帶我去我是不會放你走的，我們一起去，萬一有個閃失，我和你聯手還能有個轉圜。」

王小軍知道她是擔心自己，拉住陳覓覓的手，柔聲道：「覓覓，你要相信我，我一個人去，暴露的可能性只有百分之十，加上你，機率就會翻倍……」

陳覓覓道：「你是信不過我的演技嗎？小時候我不想練功就裝肚子疼，把我師父騙得一愣一愣的。」

王小軍嘆道：「你要是不裝肚子疼，武功應該會比現在高很多，那我就能帶你去了。」

陳覓覓哼了聲：「好呀，說了半天原來是嫌我功夫不行，來，讓我領教領教你的『蓮花掌』！」

王小軍剛想再勸，陳覓覓的電話忽然響了起來，陳覓覓丟開王小軍的手，瞪他一眼道：「我先接電話再和你理論。」低頭看了一眼，神情一動道：「是我師兄劉平！」

電話接通後，不等陳覓覓詢問淨禪子的情況，劉平便十萬火急地道：「師妹，你趕緊回來，武當出大事了！」

陳覓覓忙道：「怎麼了？」

劉平道：「掌門師兄回山以後，他有個兒子的事也藏不住了，如今他的掌門之位已經被眾人彈劾掉了。」

陳覓覓柳眉倒豎，喝道：「『眾人』是哪幾個？這件事，掌門師兄早已解釋清楚，他有兒子是在入武當之前，那些好事之徒無非是想趁機興風作浪，你們怎麼也不攔著他們？」

劉平訥訥道：「你也知道，武當派成分複雜，這種事不是你想壓下去就能壓下去的。」

陳覓覓道：「你不用說我也知道是哪幾個人在搞事了——」說到這，她忽然一愣道：「師兄，不會連你也不相信掌門師兄吧？」

劉平嘆氣道：「我相信他不管用，事關武當聲譽，那些旁系的師兄弟們藉口要徹查清楚以後再做結論，咱本門的師兄們也不好說什麼，總不能用武力壓服別人吧？」

陳覓覓咬牙道：「怎麼不能，武林不就是這樣嗎？武當七子呢，他們就這麼袖手旁觀嗎？」

劉平淡淡道：「武當七子拋開掌門師兄也就只有六人而已，而且這六人也不全是我們本門師兄，師妹你清楚的呀。」

陳覓覓道：「算他們瞎了眼！」她頓了頓道，「劉師兄，你讓我回去能幹什麼？」

劉平一字一句道：「武當山大亂，如今只有一個辦法能暫時平息——那就是你回來當掌門！」

劉平說的話眾人都聽在耳朵裡，胡泰來和唐思思都看向王小軍，王小軍似乎有點發傻，僵在當地，只是呆呆地盯著陳覓覓。

陳覓覓聲音發顫道：「為什麼是我？」

劉平道：「師父臨終前有過遺命——武當掌門，該由覓覓當。」

眾人頓時回想起苦孩兒經常說的那句話「掌門嘛，就該是覓覓的」，也正是因為這一句話，才搞出武當山上那麼多事，陳覓覓為了自證清白，隨王小軍下山，想不到到頭來終究是躲不過。

陳覓覓眼睛發紅道：「師父那時已經糊塗了才說出那樣的話來，我不回去，我當不了你們的掌門！」說著，把手機遠遠地拿開，像是怕劉平從手機裡伸出手把她抓回去一樣。

劉平沉聲道：「這是我們這一門所能仰仗的最後一張王牌，掌門師兄被彈劾了，若是想確保掌門之位不失，就只能指望你回來接任！」

「不公平！」陳覓覓失聲痛哭道：「我才不管掌門誰當，我不幹！」

王小軍自認識陳覓覓以來，還是第一次見她如此傷心，王小軍一貫油嘴滑舌，這時卻覺得有個不好的預感壓在心頭，竟然一句俏皮話也說不出來。

劉平緩緩道：「師妹，就算不為了我們這一門，武當也需要你回來主持大局，難道你希望看到武當重蹈多年前的覆轍？」

陳覓覓努力控制住情緒，淡淡道：「就這樣吧。」

劉平急道：「師妹……」

陳覓覓道：「我會回去的。」她掛了電話，背對著眾人，輕聲道，「武當有難，我不能不管，我……」

唐思思失聲道：「那王小軍怎麼辦？」

陳覓覓聞言肩膀聳動，顯然又抽噎起來。

胡泰來拉著她走出門外，同時衝王小軍遞了個眼色。

王小軍慢慢走到陳覓覓身後，扶著她的肩膀把她轉了個個兒，陳覓覓已經無聲地淚流滿面，王小軍擦著她的淚水，苦笑道：「自從帶你下山那天，我就是全世界最幸福的人，我知道你不會嫌我窮、不怕受我走火入魔的連累，我只怕武當出事，可該來的還是來了。」

陳覓覓哽咽道：「你都不留我麼？」

王小軍道：「我瞭解你，所以不留你。」

陳覓覓再次泣不成聲，把頭埋在王小軍懷裡，瞬間哭濕了一片。此時的一句不留，已勝過千言萬語的情話。

王小軍道：「劉平叫你回去，無非是想利用你師父的遺言保住你們這一脈的利益，你那些師兄們也一定在想法子不讓他得逞，你這一去，要面對的艱辛比我更多。」

陳覓覓道：「我明白！」

王小軍鄭重道：「我送你八個字：穩住大局，別當道姑！」

「啊？」陳覓覓迷茫地抬頭看著他。

王小軍一笑道：「我讓你走，不是要放棄你，你可是我未婚妻。」

陳覓覓道：「我要是應付不來怎麼辦？」

王小軍道：「那就給我打電話，大不了老子二上武當山，去把那些雜毛老道再擺平一次！」

陳覓覓臉一紅道：「那句話說得真對，本性難移！」

王小軍道：「走吧！」他往臉上指了指道，「親一下再去。」

陳覓覓含淚微笑道：「你頂著別人的臉，我可親不下去。」說著她踮起腳尖，在王小軍嘴上深深一吻，接著頭也不回地走了出去。

當胡泰來和唐思思再回來的時候，就見王小軍坐在那裡發愣，唐思思急道：「你真讓覓覓走啦？」

王小軍呆呆道：「不然呢？」

唐思思跺腳道：「至少你可以跟她一起走啊！」

王小軍依舊訥訥道：「我去了能幹什麼？」

唐思思道：「我看覓覓當了道姑，你跟誰哭去！」

胡泰來坐在王小軍對面，小心翼翼道：「這可不像你的風格。」

王小軍眼神發散道：「我太瞭解覓覓了，武當有她最親近的人，是她的根，我不讓她走的話，她會愧疚一輩子的。」

胡泰來道：「那你呢？」

王小軍幽幽道：「我現在心裡很亂，想一個人靜一靜，還有，我已經聯繫武經年了，他馬上就過來，所以你倆也自便吧。」

唐思思道：「什麼意思，你讓我倆去哪兒？」

王小軍道：「去看場電影，逛逛酒吧，人生苦短，不是只有爭名奪利的事可幹。」

唐思思道：「都這時候了，你還有心思跟綿月玩呢？」

胡泰來愕然道：「小軍，你可不能就這麼垮了啊。」

王小軍低著頭道：「不會。」

胡泰來無奈地嘆了口氣，又領著唐思思出去了。

不多時，武經年一個人出現了，他頗有些興奮道：「李兄，你同意加入我們民協了？」

王小軍道：「我要見綿月。」

武經年略猶豫了一下道：「這個不難。」

王小軍索性閃身出了院子道：「走吧。」

武經年往屋子裡張望了一眼道：「令妹也是蓮花掌傳人吧，她不去嗎？」

王小軍道：「不去！」

「呃，好。」武經年帶著王小軍上了一輛廉價轎車，見王小軍坐在副駕駛座上，既不說話也不動，為了緩解尷尬，道：「正式介紹一下，我叫武經年，是虎鶴蛇形門的，以後咱們就是自己人了。」

王小軍淡淡道：「嗯。」

武經年感覺氣氛又落了兩個冰點，沒話找話道：「李兄也介紹一下自己啊。」

王小軍道：「我的資料你都知道，李浩，蓮花掌。」

「也是。」武經年繼續熱情洋溢道，「這樣吧，我給你再詳細介紹一下咱們民協，武協你是知道的吧？」

王小軍道：「不知道。」

武經年道：「武協是原來咱們武林人自己最大的協會，只小範圍招收會員，而且要考試，不怕李兄笑話，我就是今年參考武協考試落榜的考生。當然，這裡面還有些特殊情況，嘿嘿。武協呢，除了門檻高之外，規矩比較多，最有名的一條就是一旦成為會員，就不許隨便出手，比如街上有人打架，你不能管，遇上小偷行竊也不能抓。咱們民協就不一樣了，你我練武是為了什麼，不說靠它出人頭地，能幫別人一把的時候總該出手吧？所以所謂民協，就是為老百姓服務的協會……」

武經年以前也算是笨嘴拙腮的人，不過這會兒居然口若懸河，從車子上路那一刻起就沒停過，半個小時後，他已經把民協的宗旨、創辦時間、服務理念都講了個通透。

武經年拿起瓶子喝了口水，道：「李兄，我說了這麼多，你聽明白了嗎？」

王小軍道：「嗯。」

武經年嗓子發啞，無可奈何道：「看來你是真不愛說話啊。」

武經年開著車東拐西拐，最後進了一個看似已經廢棄的廠區裡，這時華燈初上，空蕩蕩的院子裡沒有光，只有老式的職工宿舍稀稀落落地亮著幾盞燈。

武經年下了車道：「這就是我們民協的總部。」

他似乎覺得「總部」這個詞和眼前的破敗景象不太搭界，臉一紅道：「還在發展時期，所以條件不是太好。」

王小軍無動於衷地看著他，武經年聳聳肩，一副早已習慣的樣子。

王小軍道：「我要見綿月。」

武經年朝他甩甩下巴：「跟我來。」

兩人走進裡面，武經年對一個坐在桌子後面的年輕人道：「綿月大師回來了嗎？」

年輕人道：「還沒有。」

武經年指著王小軍給他介紹道：「這是咱們的新會員李浩，蓮花掌的。」

年輕人有些漫不經心道：「你好。」

王小軍不看他則已，一見之下，一句「怎麼到哪兒都有你」差點脫口而出，這人正是那個想拜他為師的富二代劉易凡，這人曾有一段時間當了青城四秀裡的老三，不知怎麼又出現在這裡。

武經年唯恐王小軍不悅，急忙道：「這樣，我先帶你見見我們組長。」

王小軍不置可否，武經年只好帶著他往樓上走，一邊小聲道：「櫃臺那小子叫劉易凡，不會什麼武功，不過家裡有錢，這個地方就是他出錢買的。」

「就你們這破地方還有櫃臺呢？」當然，這句話只能心裡想想不能說，看來劉易凡的金錢攻勢不但對余巴川有用，對綿月也同樣有效。

上了二樓，武經年在一間房門上敲了敲，裡面有個清脆的聲音道：

「進來。」

二人走進屋裡，沙麗正坐在一張破舊的辦公桌後翻看著什麼，見是武經年，習以為常道：「又有新人來報到了？」

沙麗一如既往的冷豔，本來美女總裁的氣場十足，可如今坐在坑坑窪窪的木頭桌子後面，怎麼看怎麼有種空間錯亂的感覺。

武經年點點頭道：「這位是李浩李兄，蓮花掌的傳人。」他走到沙麗身邊小聲補充了一句，「這位不太愛說話。」

「你先出去吧。」沙麗遣走武經年，抬頭看了眼王小軍道：「李浩是吧，你有什麼特長嗎？」

王小軍道：「我會蓮花掌。」

沙麗不經意道：「蓮花掌……沒聽說過。」

王小軍道：「那是因為我們不想讓人知道。」

沙麗忍不住又看了他一眼，道：「除了蓮花掌之外，你還有什麼特長嗎？」

王小軍道：「我只會蓮花掌——入你們協會還需要別的特長嗎？」

沙麗本也是清冷的性子，這時強忍著不耐煩道：「是這樣，我們民協如今分成好幾個組，有技術組、攝影組、後勤組、剛才領你進來的大武是行動組的，我就是行動組組長。」

王小軍道：「我沒有什麼技術，也不會攝影。」

沙麗道：「看來你對自己的武功很有自信。」

王小軍道：「還行。」

沙麗暗笑了一下，道：「如果你武功真的不錯，那就有資格加入行動組，不過，加入我們組並不容易，民協不對新人進行考試，也只有我們行動組是例外，我友情提醒你一下，不是進了行動組才算作出貢獻，在別的崗位上也一樣可以的。」

王小軍冷冷道：「我的武功錯不錯我心裡有數，你沒聽過我們蓮花掌，所以覺得我只是個末流角色，留下我無非想讓我給你們打雜而已；再有，你不用居高臨下地跟我說話，到底入不入民協，我還沒做最後決定。」

沙麗不悅道：「脾氣還不小！」她把武經年喊進來，吩咐道：「你帶他去考試，如果過了就讓他加入咱們組。」

武經年應了一聲，出了房間道：「你可真行，一來就把大姐頭給得罪了，你要知道，要不是入了民協，她可是六大派之一崆峒派的掌門！」

王小軍道：「哦。」

武經年搖頭道：「你可真能氣死我，不過你這性子倒像是我認識的一個人。」

他等了半天也不見王小軍發問，只好自說自話道：「你認識丁青峰嗎？」

王小軍下意識地想笑，可心裡卻在發苦，原來這個梗又讓他想起了陳覓覓……

得知有新人要考試，從破舊的宿舍裡忽然湧現出一大幫人出來看熱鬧，他們大多是二三十歲的年輕人，可王小軍居然一個都不認識，段青青和唐缺等人全都沒有出現。

「是誰要考試啊？」

隨著一個宏亮的聲音，一條鐵塔似的漢子走到了院子中央。這人也就三十歲左右的年紀，大冷天只穿了件背心，胸前手臂上的肌肉鼓蕩蕩的，從旁觀的那些少男少女們的神色來看，這人在這裡很有號召力。

武經年忙給王小軍介紹道：「李兄，這位是梅花拳門下的梅仁騰梅兄，也是你的考官。」

王小軍淡淡道：「怎麼考？」

梅仁騰哈哈一笑道：「你只要打敗我就行了。」

這梅大個兒除了塊頭看起來很嚇人，倒算得上和藹可親，他笑嘻嘻對王小軍道：「想加入行動組就和我比試拳腳，結果不外乎兩種，不是被我揍就是揍我一頓，只要你能揍了我，那你就考試通過了，說白了，我就是所有人的試金石和沙包。」

王小軍嗤笑一聲道：「看來你真是沒人疼啊。」

梅仁騰板起臉道：「你是哪門哪派的，報上名來！」

王小軍道：「蓮花掌，李浩！」

圍觀的人們哄地一聲都笑了，這架打得趕巧，蓮花掌遇上了梅花拳，給人感覺這新生簡直就是故意來和梅仁騰作對的。

梅仁騰瞪著王小軍道：「我們梅花拳源遠流長，你們蓮花掌是什麼鬼？」原來他也疑心對方只是隨口一說在譏笑他。

王小軍道：「你試試就知道了。」

他挪著自創的「蓮花步」快速接近梅仁騰，同時幻化出一朵由掌印組成的巨大蓮花，圍觀的眾人一起譁然，王小軍這掌一出，誰也不敢說他名不副實了。

梅仁騰見過王小軍出手之後轉怒為喜，這位老兄是個實心眼，剛才氣的是王小軍取笑他的名字和門派，這時見人家真的使出了蓮花掌，反倒覺得是自己小心眼了，他身子一錯，舉拳相迎，一邊大聲道：「有趣，兄弟你這個掌法很應景啊！」

他這一拳雖沒能打出一朵梅花，但拳頭裹挾著風聲，顯然也是個內外兼修的好手。

他的職責就是甄別新人有沒有進行動組的實力，武功不會太高，但絕不會低，從這一拳的力道上看，王小軍覺得梅仁騰就算去參加武協的考試也十有八九能過，不過對付這個量級，在他眼裡自然也算不上難度。

王小軍一邊揮掌將梅仁騰的拳頭屏在身外，一邊慢悠悠道：「你不是我的對手，別打了。」

梅仁騰皺眉道：「想過關就得實實在在地打敗我，光靠說可不行！」

王小軍一笑，忽然大步往左踏去，梅仁騰詫異道：「你幹什麼？」

王小軍這一步邁得過大，幾乎已經退出了戰場，說是逃跑可又不像……他話音未落，王小軍一掌拍在院子裡一棵水桶粗細的楊樹上，當他撤身之後，那棵樹上留下了一片清晰的掌印，或者說，是一朵由掌印組成的蓮花，它們深淺不一地陷進樹身，而且稜角突出，連指縫都一絲不苟，就像是被工匠們精心雕刻出來的一樣！

武經年本來笑咪咪地看著兩人比武，這時笑容已僵在臉上，他是個好武之人，見到了奇門武功既歡欣又好奇，早有心等王小軍和梅仁騰比試完後自己去邀戰一場，這掌一出，他的這份心思也隨之破滅了——在樹上留一個拳印他也能做到，但是瞬間打出這麼強的層次感來，卻是想也不用想！

梅仁騰腦子慢了一步，舉著拳頭追上來的時候，無意中看了那片掌印一眼，頓時毛骨悚然，好在他也不笨，急忙把雙拳使勁在身前拉開，裝成是在做擴胸運動的樣子從王小軍身邊走過，這才哈哈一笑道：

「好好好，我認輸。」

武經年興奮道：「李兄好功夫！我宣布你現在就可以加入我們行動組了。」

王小軍負手而立道：「我不加入任何人，我要自己帶一個組。」同時心裡小聲嘀咕，「嗯，這逼裝得像丁青峰而高於丁青峰，終於有了自己的風格……」

王小軍此言一出，院子裡的人表情各異，有的譏笑有的愕然，顯然他這個要求在他們看來十分荒唐。

武經年無奈道：「李兄，不是我不答應你，這種事我做不了主啊。」

王小軍道：「那就讓能做主的人，明天去找我。」

武經年道：「這樣吧，今天晚了，綿月大師未必回來，你先在我們這裡湊合一夜，有事明天再說。」

王小軍道：「有什麼好說的，有多大本事就擔多重的擔子，民協是武林人的協會，難道不是靠拳頭說了算嗎？」

武經年抬頭道：「沙組長，你看……」

沙麗雙臂交叉放在胸前，正往下看著，她淡淡道：「一切等綿月大師回來決定，他要是等不了就讓他走吧。」說著，把窗子一關又回去了。

梅仁騰忙道：「你來民協肯定也是真動了心思才來的，不要賭氣，今晚你跟我住，明天綿月大師回來了，肯定會給你一個滿意的答覆。」

王小軍掃了他一眼道：「你睡覺不打呼吧？」

「不打不打。」梅仁騰摟著王小軍的肩膀往自己的屋子走，一邊揮手道，「大夥都散了！」

到了梅仁騰的宿舍，他殷勤地拿出一套洗漱用具道：「這是我備用的，你拿去吧。」

這條漢子倒是很是熱情，要是平常，王小軍早就和他打成一片，這會頂著別人的臉，只好不冷不淡地點點頭。

梅仁騰泡了杯茶道：「你也是河北人嗎？」

王小軍心裡一動，生怕說多了露餡，梅仁騰既然是本地人，那論起來兩個人一定會有共同去過的地方什麼的，他反問道：「你是怎麼進的民協？」

「被人招進來的。」梅仁騰道，「咱自幼練武，平時除了師兄弟也沒個朋友，我聽說這裡聚集了一大幫同道中人，一開始就為了來玩，沒想到這裡的人是實實在在要幹事的！」

王小軍道：「哦？幹什麼？」

梅仁騰壓低聲音，神秘兮兮道：「你還不知道吧，綿月大師說，再過一段日子武林裡要發生一件大事，到時候咱們民協就能揚眉吐氣了。」

王小軍再也忍不住道：「什麼事？」

梅仁騰撓頭嘿嘿一笑道：「說實話我也不知道，綿月大師說還不到時候讓我們知道，但他說的一定不假。」

王小軍瞪了他一眼，靠在床上想自己的事去了。

梅仁騰自覺沒有面子，打岔道：「李浩，你武功不錯呀。」見王小軍也不搭理，他又自顧自道：「不過你想當行動組的組長怕還不行。」

王小軍道：「這又是為什麼？」

梅仁騰道：「現在的組長沙麗，就是那個小妞，你見過了吧，她出手我可是親眼看見的，你武功再好也不是她的對手。」

王小軍懶懶道：「不見得吧。」

梅仁騰道：「我敢保證在年輕一代裡還沒有人是她的對手，哦，這幾天我老聽他們說有個叫王小軍的後生，好像武功很高的樣子，或許除了他，沒人能是沙麗的對手。」

王小軍猛地坐了起來——梅仁騰這一句話算是戳中了他的心病，他這次來民協臥底，打算走的就是橫衝直撞路線，倚仗搶眼的身手直接做到高層，然後再根據綿月的計畫來對付他，想要做到這一點，就需要體現出壓制別人的武功，對上武經年梅仁騰這樣的自然不在話下，但是要打敗沙麗，就一定會暴露身分！

陳覓覓一走，他跟著失魂落魄，這些問題居然沒有細想！

·第七章·

名利而已

「大師是方外之人，難道也同意這四個字？」

綿月道：「人生在世，誰不是為了名利二字？固然有些人是單純地想改變這個世界，但人類的進步主要還是靠這兩個字在推動，爭名逐利並沒有錯，只要用對地方，就是善。」

梅仁騰兀自道：「也不知道這個王小軍是什麼來頭。」他嘟噥著上了對面的床鋪，然後頭一沾枕頭就打起了呼嚕。

王小軍唯有苦笑，武林人大多早睡，這時走廊上已經是一片寂靜，他枕著胳膊開始想自己的事情，極力才克制住給陳覓覓打電話的衝動。

按時間推算，她這時說不定已經到了武當山，自己要對付的，無非是強大的敵人，可陳覓覓會面臨什麼，就真的很難想像了。

想到武當掌門必須入教出家的規矩，王小軍頓時兩隻手裡都是冷汗，這時他才發現自己潛意識裡是希望陳覓覓此行諸般不順才好，可萬一她一到那兒就順利當上掌門呢？那就更不敢想了……

王小軍千頭萬緒，也不知過了多久，終於扛不住疲憊迷迷糊糊地睡著了。

在夢中，一個俏麗無雙的道姑忽然撲進他懷裡放聲痛哭，王小軍遽然驚醒，他雙拳緊握，心裡的怒氣也不知該向誰發洩，以至於這些怒氣越積越多。

驀地，它們「破」的一聲在王小軍胸中炸開，一個念頭瞬間佔據了王小軍的大腦：無論覓覓是當了掌門還是當了道姑，我才不管，她是我的未婚妻，這才是最重要的，就算冒天下之大不韙，我總歸要娶了她！

隨著這個問題的豁然開朗，王小軍心情大好，自覺這廿一年來，自己終於做出了一個最重要的決定！

其實這就是越看似無解的難題，答案就一定越簡單的道理：明天就考試，今天還什麼都不會怎麼辦？大不了不及格唄，破罐子破摔也是一種灑脫。以王小軍的個性，這個問題遲早會被他這麼解決。

這個執念一去，他開始全身心地投入目前的事情中來。也許是睡足了的關係，他自創的那套所謂「蓮花掌」的招式都一一清晰入腦，很多不合常理的地方也就自動凸顯出來。

想到白天有可能要和沙麗一場惡戰，王小軍躡手躡腳地獨自來到院中，開始一招一式地演練起來，練到有問題的地方便低頭凝思，絞盡腦汁地琢磨改善之法。就像一篇錯字連篇、語法不通的文章終於勉強能過眼了。

王小軍剛要開始練第二遍，忽聽身後有人道：「好刻苦啊，起這麼早練功？」

回頭一看，見沙麗就站在他身後。王小軍收了招式，淡淡道：「我之所以強，是因為我見過凌晨四點鐘的太陽。」

經過兩天的適應和鍛煉，王小軍已經十分入戲，李浩式的語言張口就來。

沙麗剛想說什麼，王小軍道：「想必你也經常見吧？」

沙麗一句話沒出口就被嗆了回來，翻了個白眼道：「我天天見！」

王小軍笑嘻嘻道：「那我以後每天三點半起。」

沙麗愕然道：「想不到你也會說笑話。」

王小軍暗叫不好，原來他這心情一好，本性難收，後面這兩句話的風格已經完全恢復了以前的油嘴滑舌。趕忙咳嗽一聲道，「我從不說笑話。」

沙麗又恢復了冷淡的樣子道：「綿月大師回來了，他要見你——跟我來。」

綿月並不是一個人，他帶著段青青、唐缺、丁青峰還有幾個年輕人，正坐在一間寬敞的廢棄廠房裡。

見到王小軍，他笑咪咪道：「這就是一來就想當組長的那位嗎？」

王小軍昂然道：「沒錯！」

丁青峰冷眼望著他，扔出幾個字：「你憑什麼？」

王小軍心中暗挑大拇指，丁青峰不愧是惹人厭的第一名，一言一行順手拈來，渾然天成。

王小軍沉默片刻，盯著自己的雙手淡淡道：「就憑我這一雙掌。」

段青青噗嗤一聲，小聲道：「這倆人真像！」

唐缺本來也是臭著一張臉，這時聽了段青青的話，也忍不住扭過頭去。

綿月忍俊不禁道：「李浩是吧，令尊是蓮花掌的李威？」

王小軍小心翼翼道：「你認識我爸？」

綿月坦誠道：「恕我孤陋寡聞，貴門派還是頭次聽說。」

王小軍硬著頭皮道：「不怪你，我們蓮花掌向來不希望被不值得知道的人知道。」

圓通喝道：「你好大的膽子！」

原來他也跟著綿月來了這裡。

綿月擺擺手，微笑道：「小兄弟，你對我們民協瞭解多少？」

王小軍道：「夠多了。」

綿月道：「那你說說我們的宗旨是什麼？」

王小軍道：「爭名逐利。」

圓通道：「你……」

綿月示意他閉嘴，莞爾道：「爭名逐利倒也不算錯，我問你，你學武……」

王小軍忍不住道：「別廢話了，你直接找個人跟我打，我贏了就讓我當組長！」

眾人看王小軍的眼神，就像在看一隻會簡單操作電腦的大猩猩，透著既有趣又懷疑的態度。王小軍知道他們在想什麼，蓮花掌名不見經傳，他一來就要當頭，無疑成了眾人的笑柄。

綿月溫言道：「先不忙打架，我給你介紹介紹這幾位朋友，你們以後很有可能會成為同事。」

他不緊不慢地從沙麗開始介紹，幾個「老朋友」，王小軍都不陌生，唯獨有對雙胞胎兄弟和另外一個年輕人他沒見過，那對雙胞胎兄弟叫黃大飛黃小飛，據說是攝影組的；那個年輕人則是技術組的李楠，文縐縐的。

介紹完後，綿月指著丁青峰、段青青和唐缺道：「這三個都是行動組的，你隨便選一個過招吧。」

王小軍心裡既鬆了口氣也有些納悶，按說沙麗是行動組的組長，他想替代她就得和她動手，不知為什麼綿月不直接叫她，轉念也就明白了，綿月壓根就不認為他是沙麗的對手，所以先從難度低的開始。

王小軍從三人身上一一掃過，丁青峰冷眼相對，唐缺也是一副趾高氣昂的樣子，只有段青青好像事不關己，一副準備看熱鬧的樣子。

王小軍走到段青青前面道：「聽說你也是用掌的，那我來跟你討教幾招！」

段青青愕然道：「咦，為什麼是我？」隨即恍然道：「好啊，你看這仨人裡就我一個女的，想挑個軟柿子捏，那你可打錯算盤了！」

她本來對「李浩」既沒好感也沒惡感，但這一來，臉上滿是鄙夷之色，眾人臉上的笑意更深了，誰都知道段青青可不好惹，就武功來說，雖然她和丁青峰沒比試過，但比武經年和唐缺都高出甚多，新來的確實是選錯了人。

段青青說幹就幹，挽起袖口道：「來，我陪你玩玩！」

沙麗乾巴巴道：「切磋而已，不要傷了和氣。」

段青青道：「我們不傷和氣，但肯定會傷身體！」

王小軍心裡好笑，他知道這個小師妹嫉惡如仇，一個人只要某件事上做得讓她看不過眼，這輩子恐怕都很難讓她改觀。段青青跳到空地上，氣咻咻道，「你先請吧！」

王小軍道：「好！」

他話音未落，斜身錯步往段青青身旁掠去，同時手掌綻出兩朵蓮花，段青青聽音辨形，見這兩掌看似又輕又快，但風雷隱隱，知道對方也是高手，她手掌一抬，呼地直奔王小軍胸口，對那兩朵蓮花視若不見。

鐵掌向來講究搶攻，段青青一眼就看出蓮花掌雖然虛中帶實，但故弄玄虛的地方太多，她有自信一招就逼得對方束手就擒，綿月和沙麗在一邊看著都是點頭，自忖就算自己對上這兩掌也會這麼應對。

王小軍卻只有苦笑的份兒——他的「蓮花掌」是他用一天一夜時間臨時發明創造出來的，看著是讓人眼花繚亂，但真遇上鐵掌，頓時就被打回了花架子的原形，段青青這一掌猶如在花瓣中穿行，要直搗黃龍，王小軍的障眼法不起作用只好回撤，段青青微微冷笑，右掌一收，左掌自下而上撩了上去。

王小軍心裡暗罵：小妮子好狠，這掌要是拍上，非得把人拍到天上不可！看來段青青是想讓他當眾丟人現眼，好在王小軍對鐵掌三十式的套路熟極而流，知道她下一招的攻擊方向，於是身形左一閃右一閃，巧妙地避開她的掌鋒，不但沒退，反而貼了上來。

從外人的角度看，就像是段青青的那一掌把一個王小軍劈成了兩個，等仔細觀看才明白之所以會這樣，是因為「李浩」步法靈動，單純利用空間的快速移動讓段青青頓時陷入被動！

綿月忍不住輕聲讚道：「好！」

段青青心裡也十分詫異，卻並不著慌，她肩軸一轉，雙掌交錯，要把王小軍生生擠出去，這一招也可謂到了凌厲兇狠的極致。

這姑娘腦子靈光，又在鐵掌上下過幾年苦功，雖然王東來和王靜湖沒想真把她教成什麼樣，但鐵掌幫自古無弱手，段青青已經是年輕一代裡鳳毛麟角的角色。此招一出，沙麗目光灼灼，似乎已經把她假想成了王小軍，而自己不由自主地比劃著。至於「李浩」怎麼應對，她已不關心。

王小軍進入了段青青的掌力範圍躲無可躲，他忽然雙掌齊發拍在段青青小臂上，這樣一來，段青青雙臂頓時回收，就像自己被自己的雙掌擊中，不禁後退了一步。

綿月霍然站起道：「好！」

沙麗也倒吸一口冷氣道：「這招……果然是好……」

段青青眼裡冒火，大刀闊斧地重新攻上，這頭幾招一過，王小軍總算是悄悄鬆了口氣，段青青的鐵掌雖然厲害，萬幸掌法他已經了然於胸，也就是說，段青青下一招怎麼打他早有預料，也就有充足的時間去想對策。

這裡面還有一點僥倖之處，就是段青青功力尚淺，王小軍就像在和三個月前的自己過招，這才顯得他妙招跌出、匪夷所思，就算是打武功較弱的唐缺也不會這麼得天獨厚，王小軍選段青青不是沒有考慮的！

二十招一過，段青青已經束手束腳，她滿臉通紅，一招一式勉力支撐的局面越來越明顯，綿月喝道：「別打了。」

段青青怒道：「還沒分出勝負！」

其實眾人都看出最多再有十招她必然落敗，綿月也不說破，只是微笑道：「不打了，不打了。」

丁青峰譏誚道：「大名鼎鼎的鐵掌幫原來不過如此，居然敗給了從沒聽過的什麼蓮花掌。」

段青青對他怒目而視，兩個人眼看就要打起來。

綿月緩緩道：「我想起來了，蓮花掌早年間是源出少林。」

眾人一起驚訝道：「什麼？」

綿月道：「沒錯，就是這樣，我在少林記錄武學典籍的目錄裡見過它的名字，但是其書卻已經失傳，現在少林也不過記載著片鱗半爪，剛才李浩一經使出，我才想起來，原來蓮花掌經由李家流傳了下來，可喜可賀！」

眾人道：「原來如此。」

丁青峰聽說這是少林武功，自然也不敢再說什麼。

綿月忽然衝王小軍招招手道：「李浩，你跟我來，我要向你好好討教一下蓮花掌的真諦。」他又一笑道，「事關少林絕密，其他人可不許跟來。」

眾人一聽各自散場，看王小軍的眼神頓時也不一樣了。

王小軍這會兒的心卻提到了嗓子眼上，同時也陷入了一陣震撼中不可自拔：蓮花掌居然出自少林？而且綿月看過典籍！自己也不知怎麼瞎比劃暗合了蓮花掌的路數，可綿月真要問起來，豈不是要穿幫？

眾人散盡，王小軍心裡七上八下，綿月打量著他，卻不說話，王小軍愈發沒底，已做好了見機不妙撒腿就跑的準備。

綿月見王小軍一副拘謹的樣子，微微一笑道：「我這麼說你不會生氣吧？」

王小軍一驚道：「什麼？」

綿月道：「我說蓮花掌是源出少林，其實並無此事。」

王小軍又是一愣，遲疑道：「那……」

綿月笑笑道：「世人多勢利，我說蓮花掌是少林武功，他們以後也就不會再對你抱有成見，只是這樣一來委屈了貴派。」

王小軍這才稍稍鬆了口氣，借坡下驢道：「大師剛說的時候把我也嚇了一跳，我說我爸怎麼從沒提過呢。」

綿月道：「這事傳到令尊耳朵裡，也請他多多擔待。」他搔搔短髮道：「我有一事不明。」

「請講。」

綿月道：「那我就直話直說了——貴派武功如此精妙，怎麼以前從沒聽過？」

王小軍這時思路格外清晰，反問道：「那大師是怎麼派人去我家裡的呢？」

綿月赧然道：「這份名單是本地一個朋友提供，想來他對貴派的底細也不甚瞭解，只是把平時飯局上的人名給我列了一份，幸虧是這樣，不然豈不是要和高人交臂失之。」

王小軍點點頭道：「我爸不愛出風頭，有時候有人提出要和他切磋，他能搪塞就儘量搪塞。」

綿月道：「我本來不太相信世外高人一說，現在看來還是有的——令尊現在何處？」

王小軍道：「他在國外，大師的意思我也明白，但是他對武林的事不感興趣。」

綿月道：「嗯，我在武協這些年也沒聽過他的大名，看來令尊確實出塵得很，那你呢，你為什麼肯入我們民協？」

王小軍沉吟片刻，綿月道：「莫非有什麼難言之隱？」

王小軍這才緩緩道：「我從小練武，把同齡人遊戲玩耍的時間都用在這上面，為的是有朝一日能苦盡甘來，可是我後來才發現，武功在今時今日已經到了一無所用的地步，不說別的，我爸連架都不讓我打，我都不知道學它還有什麼用了，所以我越發不甘心，就算我把這些時間用在畫畫、數學上，到了今天也該有回報了。直到你們找到我的前一天，我都不知道我能幹什麼，我聽說民協裡都是我這樣的人，而且要做一件驚天動地的大事，所以我來了。我說我是爭名逐利來的，並不是開玩笑！」

綿月笑了：「說得好。」

王小軍道：「大師是方外之人，難道也同意這四個字？」

綿月道：「人生在世，誰不是為了名利二字活著？固然有些極其偉大的人是單純地想改變這個世界，但人類的進步主要還是靠這兩個字在推動，爭名逐利並沒有錯，只要用對了地方，那就是善。」

王小軍心說又混過去一關，李浩在袋鼠國的懷抱裡這兩天想必會噴嚏不斷。

王小軍舊事重提道：「那我當組長的事……」

綿月擺手道：「不忙。」他話題一轉道，「你平時很少跟人動手吧？」

王小軍道：「是。」

綿月道：「我有句話說了你別不高興，就因為你和令尊平時不和人交流，所以導致貴派的武功有些地方流於表面，有不少招式看似靈動其實反而教條，比如這一招……」綿月說著，竟比劃起來，一邊道：「這一掌想法是妙的，但步伐卻踏錯了。」

王小軍一看，正是他和段青青交手中用過的一招，綿月道：「這一掌拍出，如果腳下不往左的話，對手肯定要大費周折了，還有這一招……」

王小軍見綿月竟指點起他的武功，心裡不禁好笑，所謂的蓮花掌不過是他異想天開發明出來的，為了讓武功和名字更相符，他甚至發明了蓮花步，不過他自己也沒當一回事，不料這兩招看過之後，王小軍頓時佩服得五體投地——這些招式經過綿月一改，已經從似是而非變得質樸凌厲。

綿月做過的種種事情，王小軍心知肚明，對他已無半點敬重可言，但此時卻也不能不服他的眼力和天賦，更難為這和尚只看過一遍就把所有不足的地方都一一指出，而且越到後面越精妙，王小軍這會兒冷汗涔涔而下，知道和人家差得還太遠！

綿月一口氣和王小軍講了半個多小時，微微一笑道：「後面幾招已經是我越俎代庖了，不過他山之石可以攻玉，你就當做個借鑑。」

王小軍道：「多謝大師。」

這個謝字倒不全是敷衍，這套「蓮花掌」經過綿月這麼一改造，確實昇華成了切實的武技，用這樣的掌法和沙麗對戰的話，總歸是多了幾分把握。

綿月忽道：「和你比武的段青青是鐵掌幫後起之秀，論掌法，鐵掌乃是天下掌法之首，她有個師兄叫王小軍，是年輕一代裡獨一無二的翹楚，可惜他對我有些誤會，不肯加入民協，哎……」說到這，綿月臉上的痛惜之色溢於言表。

王小軍心中一動，試探道：「大師覺得我有可能代替他嗎？」

綿月咳嗽一聲，顧左右而言他道：「還是說說你當組長的事吧……」

王小軍無語，綿月有個特點，就是在一般事情上不會騙人，他這麼生硬打岔的意思，就是他和王小軍還差得很遠，王小軍也不知是該得意還是該沮喪了。

綿月道：「這樣吧，你先從行動組副組長幹起，今天我就把行動組交給你指揮，讓你去辦一件事，如果做得好再說。」

王小軍好奇道：「你想讓我辦什麼事？」

綿月道：「具體情況我讓沙麗和你說。」

天光大亮以後，行動組目前所有組員集合，所謂所有組員，其實也就是又加上了武經年和梅仁騰而已。

沙麗讓王小軍走到眾人面前，清清嗓子道：「大家來見見我們行動組的新組員兼你們的副組長李浩。」

武經年和梅仁騰一起大驚道：「你真的當了組長啦？」

段青青滿臉不忿，但她比武沒占上風，也就不再說什麼。

丁青峰卻忍不住道：「憑什麼他一來就當副組長？就因為他贏了個女的嗎？我不服！早知這樣，我早就是副組長了！」

段青青著惱道：「意思是你比我武功高嗎？要不咱倆先比劃一下？」

唐缺幸災樂禍道：「你倆現在難道不是該是一條戰線嗎？」

沙麗一拍桌子道：「聽綿月大師的安排！」

眾人這才安靜下來，可表情各異。

沙麗道：「綿月大師讓我們今天出去辦一件事。」

她頓了頓，見大家注意力都集中了過來，於是接著道：

「本地有條上海路大家都知道吧，據反映，那裡最近出現了大量的飛車黨，他們一般駕駛沒有牌照的摩托車，搶劫過往市民，多數是利用速度搶走背包、手機，然後迅速逃之夭夭。上海路屬於繁華地帶，交通條件很複雜，這些人神出鬼沒，囂張了很長一段時間，今天我們出手，目的是徹底肅清這夥人！」

沙麗越說到後面，王小軍的眼睛瞪得越大，他驚奇無比道：「咱們這麼多武林高手出面，為的就是對付幾個飛車黨？」

沙麗淡淡道：「你有意見嗎？」

王小軍無奈道：「沒有。」

沙麗道：「好，剩下的事由你全權指揮。」

「那你呢？」王小軍問。

沙麗道：「我不直接參與行動，但會跟著你們，你就當沒我這個人。」

「好。」王小軍看了看面前這幾個人，指著武經年和梅仁騰道：「你倆不許去！」

兩人一起叫道：「為什麼？」

「長得太醜，容易把賊嚇跑。」

武經年和梅仁騰：「……」

王小軍這才一揮手道：「出發！」

上海路是那種三四線城市經常見到的街道，兩邊都是一些中高檔商店，路不寬，尖峰時間經常因為會車不順造成嚴重堵塞，每當這時，一些電動車、摩托就會見縫插針地穿行，街兩頭都是四通八達的民宅，這就給飛車黨製造了非常有利的搶劫條件。

沙麗到地方之後，就躲進了路邊的咖啡館，王小軍領著兩男一女在前面走，黃大飛和黃小飛就在後面不疾不徐地跟著。

王小軍回頭道：「你們跟來幹嘛，你倆不是攝影組的嗎？」

也不知是黃大飛還是黃小飛樂呵呵地道：「你只管幹你的事，也當我們不存在。」

丁青峰滿臉不屑道：「我們現在該怎麼幹？」說著故意加重語氣道：「李副組長。」

王小軍東張西望道：「轉了這麼半天，也沒見飛車黨啊。」

他們四個在這條街上像巡邏似的來來回回走了好幾趟，也沒見有人搶劫，隨即王小軍一拍腦袋道：「傻瓜！咱們四個攢成一團當然沒人敢來——」他指著丁青峰和唐缺道：「你倆在兩個路口一邊一個堵上，準備抓人！」

段青青沒好氣道：「那我幹什麼？」

王小軍道：「這次行動你是主力——你的包呢？」

段青青無奈地亮了亮自己手裡的皮包。

王小軍道：「這個不行。」他指著丁青峰道：「去，你買個ＬＶ來，要那種大一點的囂張款。」

丁青峰攤手道：「我沒帶那麼多錢。」

王小軍道：「去地攤上買，花不了幾個錢。」

段青青抗議道：「我什麼時候背過假包？」

王小軍義正言辭道：「為了任務克服一下。」

段青青翻了個白眼。

不一會兒丁青峰把包買來了，王小軍給段青青挎在胳膊上，段青青鄙夷道：「這個包一眼看上去就是假的！」

王小軍認真道：「你覺得劫匪老遠騎著摩托車能看得出來嗎？」

段青青賭氣道：「不知道！」

王小軍道：「那就行了。」

他嫌包太癟，又買了一堆麵包塞進去，對段青青道：「一會兒你裝得吃力一點，就好像你買了一包金子正要去打金鍊子。」說到後來，他乾脆撿了兩塊板磚放進包裡。

段青青氣道：「不如我再在臉上寫上『我是有錢人』幾個大字如何？」

王小軍正經道：「那還不夠，除了『我是有錢人』之外，還得表現出『快來搶我啊』的神情，來，走兩步看看。」

段青青依言走了兩步，王小軍道：「再跩點！」

段青青索性學著電影裡氣焰囂張的小三，昂首挺胸踱了幾步，王小軍道：「行了，把包挎在外面方便搶的位置。」

段青青忍不住吐嘈道：「你當別人都是傻子嗎，打扮成我這副德行，你見了會搶嗎？」

王小軍道：「咱們要對付的是小毛賊，他們就吃這套，那種低調的奢華他們也不認識啊。」

段青青詫異道：「你好像變得能說會道了！」

王小軍馬上警覺地看了看兩個路口，當他私下裡和段青青在一起的時候，有些下意識地放鬆，他有心告訴段青青，又怕她心裡存不住事，露出馬腳，於是恢復了冷腔冷調道：「行了，你的任務就是不停地逛街，直到有人來搶你為止，記住，包被搶走以後不要惦記著抓人，那是那倆人的事。」

段青青被逼無奈，掛著包沿著路邊走了出去，王小軍在她身後提醒：「別忘了裝酷！」

就這樣，段青青十分浮誇地挎著假名牌包，從一間商店出來又進入另一間商店，形似一隻會走動的錢包。

王小軍躲在角落裡機警地打量著來來往往的人，尤其是摩托車，每當有摩托車從段青青身邊經過時，他都是一陣興奮，但半個上午過去了，段青青居然安安穩穩地沒出任何意外。

王小軍喃喃道：「難道現在的賊審美水準也高了，非得照英國王妃那種等級才願意來搶？」

這時他就聽後面有人在敲玻璃，回頭一看，見沙麗端著一杯咖啡正衝他招手，王小軍嘆了口氣，走進去坐在了她對面。

「這就是你的計畫？」沙麗面無表情地看著在街上走來走去的段青青，問王小軍。

王小軍攤手道：「如果換做是你，你會怎麼做？」

沙麗道：「現在要考驗的是你的智慧，武功高，並不代表你就有領導能力。」

王小軍忽然道：「綿月大師說的大計畫到底是什麼？」

沙麗道：「你這次任務成功了，我就告訴你。」

她話音未落，就聽外面街上忽然響起一陣摩托車的咆哮聲，一道黑影飛馳而過，摩托車上有兩個人，後面那人在經過段青青身邊的一剎那，從她胳膊上拽走了那個包。

因為是突然加速，段青青猝不及防被拉了一個趔趄，她勃然大怒地發掌拍向摩托車後面那人，但兩人一車已經瞬間飛馳而過，眼看就要衝出路口。

王小軍急忙起身張望，無意中發現對面的民房上，也有兩條身影躥高掠低地行動著，原來正是黃大飛和黃小飛。

這兄弟倆一人一台ＤＶ，利用民房的窗戶、冷氣機作為落腳點，把鏡頭對準那輛摩托車，原來這兄弟倆都是輕功高手，為的是記錄民協活動時的內容。

路口，丁青峰眼望飛馳過來的摩托車，緩緩地抽出了木棍，在雙方擦肩電光火石的一剎那，木棍輕巧地點在了前頭那人的身上。

「轟——」摩托車遠遠地砸了出去，車上的兩個人立時摔了個人仰馬翻。

王小軍大步往外走去，沙麗淡淡道：「別忘了，你的任務不光是抓賊，還得肅清他們！」

王小軍走出去的時候，那兩個車匪的摩托車已經在地上散落成一堆零件。

丁青峰一手提著一個車匪走到路邊，冷冷地問王小軍：「這倆傢伙怎麼辦？」

兩個車匪被摔得鼻青臉腫，不過除了有點懵之外，居然都沒什麼事，只是其中一個的頭盔摔得卡在脖子上拔不出來，另一個甩飛一隻鞋，在丁青峰手裡一瘸一拐地蹦著。

王小軍好笑道：「你倆挺經摔啊，一般人來這麼一下說不定就掛了，你們是不是有這門必修課？」

「一隻鞋」狠狠瞪著王小軍道：「你們是什麼來頭？」

他看見不緊不慢走過來的段青青，明白是中了人家的套，可這幾個人說是警察又不像。

王小軍對丁青峰道：「先找個偏僻點的地方。」

丁青峰一言不發地提著這倆人往民宅區裡走，王小軍撿起地上的冒牌包，掏出一個麵包啃著，段青青走上來道：「老大的意思是讓我們根除這些人，下一步你打算怎麼辦？」

王小軍道：「好辦！」

到了一片空地上，王小軍敲了敲頭盔哥的頭盔道：「你們一共有多少人？」

頭盔哥呲牙咧嘴道：「朋友是混哪裡的？」

王小軍眼珠一轉道：「我們是『碰瓷（編按：碰瓷為北京方言，指騙徒故意讓他人摔壞假貨，並要求以高價真品或高額金錢賠償的詐騙行為。後也延申為故意製造假車禍等勒索醫藥費、慰問金的行為）幫』的！」

頭盔哥秒懂，揚著脖子道：「咱們差不多是同行，你們不幹本職工作，找我們麻煩幹什麼？」

王小軍道：「我們這不是擴展業務範圍嘛，打算拿下上海路這塊的生意，所以你們以後就不要在這裡出現了。」

一隻鞋憤然道：「你們做你們的，我們搶我們的，礙著你們什麼了？」

王小軍認真道：「當然礙著我們啦，你想，你們是飛車黨，搶劫那是犯法的，而我們這行，就算把警察叫來也只能是先調解，我們技術含量高！而且總共就這麼一條街，你不能讓人在街頭就開始操心包被搶了，街尾還得防著人詐騙吧，那多不人道！再說，你們把人包搶了，我們碰瓷也是白碰，還得防備你們突然從那頭衝過來真把我們撞了不是？」

段青青聽他一大通胡說八道只有憋著笑，唐缺也直翻白眼。

頭盔哥冷笑道：「我明白了，你們這是來搶地盤的！」他掃了一眼王小軍等人道：「就憑你們幾個？」

王小軍道：「就說答不答應吧？」

頭盔哥嘶聲道：「你敢不敢在這等著，我讓我老大來跟你們談？」

王小軍看了看錶道：「我給你半個小時時間夠了吧？」

「你給我等著！」頭盔哥和一隻鞋相互攙扶著，一邊踉蹌著往社區外走，一邊打電話。

段青青好笑道：「看不出你還會欲擒故縱這一招。」

王小軍道：「對付這些人就得用非常手段嘛。」他招手把房頂上的黃大飛黃小飛叫下來道：「剛才的都拍下來了嗎？」

兄弟倆道：「拍下來了。」

王小軍道：「咱們這麼搞，不會被人說是炒作吧？」

兄弟中的一個道：「咱們就是要炒作啊，你沒看過我們做的網頁嗎？」

王小軍吃驚道：「還有網頁？」

「是的，主題就是民協日常的活動，這次抓飛車黨以前，也有抓小偷之類的視頻，綿月大師說，我們民協是為老百姓辦事的組織，就先得讓老百姓瞭解我們的宗旨和看到我們的表現。」

兄弟中的另一個道：「咱們民協的視頻在網上很火紅的。」

王小軍暗自感慨，想不到綿月還有這樣的手段，這和尚跟那些只懂陪伴青燈古佛的高僧確實是大不相同。

他又問：「那我們這幾個豈不是馬上就要變成網紅？」

「暫時不會，技術組會在後製時給人臉打上馬賽克。」

「為什麼？」

兄弟倆之一道：「綿月大師說，前期活動需要隱姓埋名，一是為了行動方便，二來還不到時候，等真的紅了，再逐一解密視頻裡的人，現在雖然沒露臉，但大家在網上都開始有自己的粉絲和外號了。」

王小軍無語道：「就像蒙面歌手那樣，先把觀眾的好奇心勾起來，等人氣到了一定時候再公之於眾的意思？」

第八章

亂花漸欲迷人眼

這姑娘這一招直指對方的軟肋，眼看王小軍就要落入彀中，他腳步微動，將身子角度微調了幾寸，這樣一來，蓮花的花瓣頓時掩蓋住了原來的空檔，所謂亂花漸欲迷人眼，剛才還一面倒的局面頃刻又變得撲朔迷離起來。

「沒錯。」另一個道。

「呃，話說你倆要怎麼區分啊？」王小軍一跟這兄弟倆說話就眼暈，這對雙胞胎長得也太像了。

黃大飛把臉湊近道：「我是哥哥，仔細看的話，我鼻子邊上有顆小痣。」

黃小飛道：「我哥負責拍整體場景，我拍個人比較多。」

王小軍對黃大飛交代道：「一會兒拍得狗血一點，儘量凸顯出我們工作的艱苦和危險。」然後又看看黃小飛，最後擺手道：「算了，反正也是要打馬賽克，沒法要求你把我拍得好看一點。」

「你什麼時候又成導演啦？」這時沙麗出現了，似笑非笑地看著王小軍。

這時傳來一陣摩托車的轟響，二十多輛摩托車氣勢洶洶地衝了過來，王小軍道：「大家準備幹活！」

那些摩托車上有的是一個人，有的是兩個，手裡抄著各種傢伙，顯然是來報仇的。

「一隻鞋」已經改頭換面穿了一雙新鞋來，頭盔哥仍舊頂著那頂破頭盔殺到，衝一個穿著軍大衣的中年人一指道：「老大，就是他們要搶咱們地盤！」

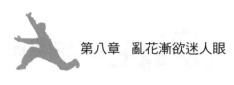

軍大衣扛著一把破舊的武士刀坐在一輛摩托車的後座上，拿腔拿調道：「前邊的弟兄，一行有一行的規矩，橫插一腿吃獨食可不行！」

他一眼掃見了段青青和沙麗，扯著嗓道：「嘿，還有倆辣妹！」

王小軍手一揮道：「少囉嗦！開戰！」

段青青第一個衝了上去！丁青峰和唐缺緊隨其後。

騎摩托車來的這三十來號人，從裝備和精神面貌來看，是血統十分純正的本地流氓，倒未必都是飛車黨，看樣子是給軍大衣面子，來給人充場面的，雖然看著一個個怒目橫眉，但未必真打算動手。

在他們想來，這五六個年輕人見了他們這陣勢肯定立馬退讓，想不到一恍惚，段青青的大嘴巴子就抽了上來。

「都幾歲了，老大不小的，不學好，當流氓！」

段青青巴掌到處，眾人無不眼冒金星，有敢動刀動棒的，不是被她打得脫臼就是打成骨折，丁青峰和唐缺也沒閒著，三十多個人，瞬間就被打躺下一半。

黃大飛和黃小飛極其敬業地躥上蹦下，一會兒站在高處給背景，一會兒堵在人臉上給特寫。

沙麗見王小軍負手站在一邊看熱鬧，不禁奇道：「你不上嗎？」

王小軍回道：「狼多肉少，多給組員一些表現機會吧。這種動手的活兒，我以後就儘量不參與了，安安靜靜地當我的智囊就行了。」

沙麗：「……」

在王小軍和沙麗聊天的時候，戰鬥差不多就已經結束了，軍大衣的日本刀還沒出鞘就被段青青一掌拍在了地上。

「我去和他們聊聊。」沙麗走到軍大衣前，居高臨下道：「你們一共就這些人嗎？」

「你……你……」軍大衣面露恐懼之色，對方只用了三個人就把自己一方秒殺，而且人家連汗都沒出。

沙麗不耐煩道：「好了好了，我只有兩點要求，第一，不許再出現在上海路；第二，不許再幹搶劫的營生，這次只是個警告，下次就不會這麼幸運了。」

也許是嚇得不輕，軍大衣做了一個異常的反擊舉動——他把雙手慢慢縮進衣服裡，接著在他的腹部位置突然出現一個鼓包！

王小軍在一瞬間有了不祥的預感，猛地把沙麗推在一邊，下一刻，槍響了！

「砰——」軍大衣的前襟被炸裂，無數鋼珠、鐵條從那個破洞噴射而出，王小軍下意識地擊出一掌，半邊肩膀被噴得血肉模糊，原來軍大衣的衣服裡藏著一把自製的土槍。

「李浩！」沙麗叫了一聲，一腳踢開軍大衣，扳過王小軍的肩膀查看他的傷勢。

王小軍勃然大怒道：「王八蛋！還帶用槍的？」

幸好天氣冷穿得厚，只是左肩上被火藥和各種暗器噴得紅一片黑一片的，他探手探腳地去揍軍大衣，沙麗這才放了心，緊接著怔了怔，忽然發狠地衝上去猛踹軍大衣。

王小軍納悶道：「你怎麼也這麼不冷靜？」

沙麗也不說話，只是發狠地繼續踢著軍大衣。

段青青等人見組長和副組長一起踹人，攔也不是，不攔也不是，均感愕然。

如果說軍大衣剛才的眼神是害怕，這時看王小軍時更像是充滿了恐怖，他一言不發地抱頭匍匐在地上，任憑別人揍他。

黃大飛關上DV道：「兩位頭兒，警察快來了，這裡怎麼辦？」

沙麗這才對王小軍道：「今天你說了算。」

王小軍道：「那就交給警察處理吧，咱們撤！」

一行人走出社區的時候，幾輛警車呼嘯而至，王小軍和沙麗相視而笑。畢竟都是年輕人，這段小驚險的經歷反而讓大家有了幾分默契，回去的路上，連丁青峰也話多起來。

回到住處，沙麗找來酒精和藥水要幫王小軍處理傷口，王小軍躲閃道：「你放那兒，我自己來就行了。」

沙麗瞪眼道：「少廢話，要不是欠你人情，你以為我樂意呀？」

王小軍只好脫光上衣，沙麗看來確實沒幹過這種活，笨手笨腳地擦著傷口，王小軍的左肩和肋下被嵌進不少鐵屑，沙麗用鑷子一一夾出，忽道：「你為什麼救我？你不知道槍是要命的嗎？要不是那槍出了問題，你現在後悔都來不及。」

王小軍隨口道：「因為你是女的。」

沙麗道：「如果是個男的在你跟前，你是不是就不管了？」

王小軍道：「嗯，不管。」

沙麗淡然道：「你倒是肯說實話。」

丁青峰冷聲道：「幸好不是我在你前頭，不然我現在已經死了。」

話雖這麼說，他倒沒有生氣的意思，這算是他開玩笑的方式。

王小軍笑道：「大男人皮糙肉厚的怕什麼。」

其實王小軍也在心裡問過自己，當時如果在他前面的是別人，他八成也會出手，段青青自不必說，就算是唐缺和丁青峰，他也不可能袖手旁觀；那一槍對沒有防備的人來說是致命的，除非要打的是他的殺父仇人，不然很難坐視不理。

這時，王小軍隱隱覺得右掌發疼，抬手看了一眼，見掌面上有一小片黑青，忽然臉色一變！

沙麗道：「你怎麼了？」

王小軍擺擺手：「沒事。」

原來他忽然想到，當時軍大衣開槍的瞬間，他右掌擊出，仗著洶湧內力形成的罡氣把大部分的鋼珠和鐵屑推開，從某種角度上說，他是用掌力推開了子彈！而他左肩上的傷只是邊邊角角的灼傷。

事發的那一刻他沒來得及細想，這會才反應過來——李浩掌法精妙，但絕不應該有這麼深厚的內力！那時沙麗和其他人因為角度的問題並沒有看清到底發生了什麼，可這一切都被黃大飛黃小飛拍下來了！只要視頻一出來，綿月等人就會發現蹊蹺，他也就非暴露不可了！

王小軍一顆心忽上忽下，這時梅仁騰忽然走進來道：「上午的視頻出來了，綿月大師請大家過去觀看。」

王小軍下意識地想撒腿就跑，可又不甘，只有硬著頭皮隨眾人前去。

在廢棄的廠房裡，綿月已經坐在那裡，黃大飛黃小飛兄弟正在忙活著搬電視、倒帶，王小軍湊上去別有用心地問：「你們都拍全了嗎？」

黃大飛拍胸脯道：「沒問題。」

綿月笑咪咪地看著他，往身邊指了指道：「坐。」

王小軍身子發硬地坐在那裡，視頻開始了。

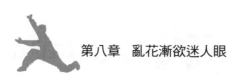

畫面出現，只見段青青挎著假名牌包，挺胸抬頭地走在路上，果然有一種「我是有錢人，快來搶我啊」的氣勢，段青青見了電視上的自己，扶著額，狠狠瞪了王小軍一眼。

黃大飛解說道：「還沒做後製，這裡會配一些字幕，把事情的背景交代清楚。」

段青青道：「千萬要記得打馬賽克！」

緊接著，鏡頭移到守在路口的唐缺和丁青峰，然後重播四個人湊在一起商量事情的畫面。

黃小飛道：「這裡配『民協行動組副組長正在安排任務』的字幕。」

綿月一笑道：「這些細節你們下去再搞，你們錄了什麼，只管放就是了。」

「好。」黃大飛又摁下播放鍵。

接下來就是事情的整個經過：頭盔哥和一隻鞋上鉤、被丁青峰打倒、在民宅區的盤問和飛車黨出現。

王小軍的心也終於提到了嗓子眼上——沙麗走向軍大衣的時候，鏡頭也正平行地跟著她；也就是說，沙麗、王小軍還有軍大衣之間接下來發生的事，都躲不過攝影機的眼睛。

然而就在這時，攝影師大概是為了給全軍覆沒的飛車黨一個悲情的交代，鏡頭瞬間移到了王小軍背後，拍的都是倒地的飛車黨，這一刻，槍響了！當鏡頭回到三人之間的時候，沙麗已經開始痛毆軍大衣，視頻裡看得十分清楚，她一腳一腳狠踹對方，要不是怕出人命，估計早就上「呼隆通掌」了。

綿月不悅道：「這段就不要往網上放了。」

梅仁騰也納悶道：「組長，你以前沒這麼大脾氣啊。」

沙麗淡淡道：「要不是李浩拽我一把，那槍幾乎打在我臉上。」

眾人恍然……雖然從視頻上看，那槍的威力有限，但打在臉上和打在肩上完全是兩個概念；進一步說，打在男人肩上和女人肩上也是兩個性質，更何況要是沒人推開她，那一槍也可能打在她胸上……這對女人來說，都是犯死忌的地方！

這回連綿月也道：「嗯，該打，該打。」

王小軍終於暗暗鬆了一口氣，嘴上卻道：「怎麼從頭到尾都沒給我一個特寫，黃小飛呢，你當時在拍什麼？」

黃小飛道：「這就是我拍的，我哥那會兒還在房上給全景呢。」

綿月站起身對王小軍道：「你做得不錯。」他大聲宣布，「吃過晚飯以後，行動組的人開個會，安排一下我們大行動的任務！」

聽到這個消息，王小軍也有些按捺不住的激動。雖然只有短短兩天時間，但他已經取得了長足的進展，想到這，他忽然悚然一驚，一個倩麗的身影出現在他腦海裡，同時她說過的一句話也隨之響了起來：我們是不是太順了？

這是陳覓覓在武協大會上說過的，後來的事實證明確實不像他們當初想的那麼簡單。王小軍靜下心來，開始慢慢回憶自己自打進入民協以後有沒有露出什麼破綻，然而不知不覺中，全部的心神早已飛到陳覓覓那兒去了。

兩天過去，胡泰來沒給他帶來陳覓覓的任何消息——他和胡泰來約好，每天這個時間他都會開機五分鐘，能打通的話就說明安全。

就在這時，沙麗突然推開他的房門冷冰冰道：「李浩，你出來。」

「你……有事嗎？」

「跟我來。」沙麗也不多說，只留給他一個背影。

王小軍只得跟上，沙麗穿過走廊，走過廢棄的廠房，向偏僻的後院走去。

這時已經是傍晚時分，昏暗的光線拖得她的身影纖細瘦長，王小軍隱隱覺得有股危險的味道在漸漸接近，不禁發毛道：

「你要帶我去哪兒？」

沙麗看了下四周的高牆和荒僻的枯草地，似乎覺得還算滿意，轉過身來，緩緩道：「你先出手吧。」

王小軍愕然道：「我出什麼手？」

他的腦子在飛快地轉著：難道是自己被識破了？不像！如果是那樣的話，沙麗一定不會一個人來對付他。那剩下的就只有一個解釋：沙麗見他這個副組長搶了她的風頭，要給他個警告，甚至是生出了剷除掉他的心思！

根據王小軍對沙麗的瞭解，這種事並不是不可能，這個姑娘年紀輕輕，卻有著旺盛的權力欲和控制欲。真是這樣的話，反而更棘手，因為憑李浩的武功，或者說，憑「蓮花掌」是很難應付過這一關的，但是使用鐵掌的話，就意味著暴露！

沙麗不耐煩道：「快點，我時間不多。」

王小軍硬著頭皮道：「好，我也正想領教一下你這個組長的武功！」

他現在扮演的李浩是個桀驁不馴的人物，因而王小軍只能這麼說。他腳下步子一滑掠向沙麗，手掌快速出擊，暮色中驟然爆發出一朵碩大的蓮花。

「哼，招式倒是好看。」

沙麗全身忽然散發出凌厲的氣息，出掌直擊王小軍空檔，掌風尖銳而迅疾，正是崆峒派的成名絕技——伏龍鋼掌！

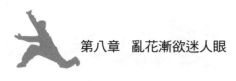

王小軍錯愕不已，蓮花掌是他「發明」的，其中的弊端他自然清楚，這套掌法對付一般高手勉強夠用，但最大的缺點就是花架子太多，而沙麗這一掌正是奔著他外強中乾的蓮心而來。

這姑娘同為年輕一代裡的頂尖人物，眼光自然不比王小軍差，這一招就直指對方的軟肋，眼看王小軍就要落入轂中，他腳步微動，將身子角度微調了幾寸，這樣一來，蓮花的花瓣頓時掩蓋住了原來的空檔，所謂亂花漸欲迷人眼，剛才還一面倒的局面頃刻又變得撲朔迷離起來。

沙麗冷冷道：「原來還有變招，我就說不可能這麼簡單！」

王小軍暗叫慚愧，這一招還是靠綿月的指點才有了現在的局面。「蓮花掌」的弱點王小軍心知肚明，但限於時間和能力，他也只能聽之任之，是綿月給出了解決方案，如果一天前遇上沙麗，王小軍這會兒已經可以投降了。

二人一錯身，沙麗又「嗤嗤」發出兩掌，王小軍不敢硬碰，全以步伐配合掌法支應過去，沙麗似乎想急於取勝，得理不饒人地黏了上來，雙掌掛定風聲，招招險惡！

王小軍心中一寒，更加篤定她是要除了自己這個眼中釘，這造成了他的兩難局面：要麼暴露，要麼冒著生命危險陪對方玩下去！

沙麗見王小軍漸漸沒了氣焰，也不說話，只是微微搖搖頭，似乎是嫌貓抓老鼠的遊戲還沒玩夠，老鼠就放棄了抵抗，不料這一舉動卻把王小軍的怒火全部引燃了！

自從「民協」這個詞出現的那一刻起，王小軍就沒遇到過一件順心事，爺爺功力全失、武協分崩離析、如今加上陳覓覓被迫重回武當，每一件事可謂都是拜民協所賜，今天又被個娘們鄙視，王小軍咬牙切齒道：「我還非用蓮花掌打敗你不可！」

沙麗不禁意外道：「想不到你還是個狠角色！」

她故意要讓王小軍難堪，出掌又狠毒了幾分，然而王小軍卻像打定了主意一樣，只要遇險就用步法彌補，這樣一來，固然有時候是無奈地胡賴，有時甚至就是轉身逃跑，可當沙麗放鬆警惕的時候，他又反咬一口——王小軍的性子裡確實有堅韌不拔的一面，可他不是那種刻板教條的硬漢，不到萬不得已，「寧折不彎」這種事情他是不幹的。

他和沙麗這一戰，很像是黔之驢遇到了老虎，不過黔之驢只會驢叫和尥蹶子兩招，王小軍這頭驢卻還會上嘴咬、驢打滾、驢頭撞，以及……驢的詛咒。

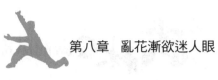

「作為女人，你這麼兇，怎麼找對象，你媽不催你嗎？」

沙麗愕然道：「你……你這會兒很像一個人。」

王小軍勃然道：「我他媽本來就是人！」

沙麗眼中精光一閃，揮掌將往王小軍逼向角落，卻閃身搶先站在另一個角上——那正是王小軍下一步準備趨避的方向，這樣一來，王小軍終成網中之魚。

這一刻，王小軍眼中也閃現了殺機，命懸一線，是奮力一搏還是束手待斃？這對誰都是個很簡單的選擇，然而蓮花掌已經到了真正黔驢技窮的地步，要想反擊只有用鐵掌打開一個口子一條路可走！

在電光火石的一剎那，王小軍一咬牙：賭一把吧！他沒有反抗，只是閉上了眼……

下一秒，沙麗的手掌已按在他的胸口，她死死地盯著王小軍，也不知過了多久，終於慢慢地移開，譏誚道：「你終究還不是他。」

王小軍臉色慘白，半是裝的，半是嚇的。

沙麗撤身而走，頭也不回道：「這是我還你的人情。」

王小軍猛然睜開眼道：「你還我什麼人情了？」

沙麗淡淡道：「你覬覦我的組長之位，我不殺你，就是人情。」

王小軍苦笑道：「果然是好大的人情。」

沙麗又道：「還有，你的步法雖然變化巧妙，但時間一長還是會被人抓住規律。」

這次，王小軍只能點頭。

沙麗又用那種譏誚的口氣道：「聽說你想取代王小軍——別想了，你和他差得太遠。」

最終她口氣緩了緩道：「剛才我用的是本門的伏龍鍘掌，你能和我過這麼多招，已經很難得了。」

王小軍不知道該說什麼，沙麗遠遠地甩過一句話：「走吧，綿月大師要給我們開會。」

到了開會的地方，行動組的人都已經到齊，綿月笑咪咪地看著後來的兩個人，沙麗淡淡道：「我跟李浩已經商量過了，組長還是我來當。」

王小軍這才明白沙麗去找自己是綿月授意的，所謂「商量」，不過是委婉的說法。自己初來乍到，組長這個位置自然不能隨便旁落。

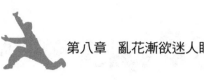

其他人也都一副早就猜到了的樣子，看來沙麗大姐頭的地位在他們心中也根深蒂固。

綿月拍拍手道：「下面我來說說你們一直都很關心的『大行動』吧。」

眾人眼睛都亮了，王小軍的心更是提到了嗓子眼上，他費盡艱辛臥底到民協，就是為了搞清楚這個大行動的具體內容。綿月創辦民協，打出的口號就是要讓武林人過上新的生活，當然，口號歸口號，誰都明白實現一呼百應的野心才是他的真實目的，但顯然小打小鬧是做不到這一點的；而王小軍同樣相信，憑綿月的心機和能力，他說的大行動一定是驚天動地的事。

大家都屏息凝視的當口，梅仁騰把雙手放在胸前喃喃道：「千萬別地震！」

綿月詫異道：「你說什麼？」

梅仁騰道：「我看電影裡都這麼演，一到關鍵時候就會節外生枝，所以先拜個佛。」

眾人都笑了起來，眼中的神色卻也急切起來。

綿月也笑道：「你這孩子，別忘了我就是和尚，你這佛拜得也太沒誠意了。」接著正色道：「好了，言歸正傳，之所以現在才告訴你們，是因為事關重大，在座的每個人都接受了一定的考驗，我相信你們的初心是為了武林——非洲在哪兒你們都知道吧？」

眾人面面相覷，不知綿月為何把話題扯了老遠。

梅仁騰忍不住道：「還真不知道，光曉得很遠就是了。」

綿月笑道：「不知道不要緊，咱們也不用去，你們只需知道，非洲有位酋長在咱們國家寄存了一批鑽石。」

武經年詫異道：「酋長？鑽石？和我們有什麼關係？」

綿月道：「這批鑽石就寄存在河北地界的一家銀行裡，看你們漠不關心的樣子，就知道你們大多家裡不缺錢，不過我保證，你們在知道這批鑽石值多少錢以後就不會這麼淡定了。」

唐缺道：「值多少錢？」唐門這段時間經濟危機，對錢很敏感。

綿月道：「值十億美金，差不多將近七十億人民幣。」

「嘶——」會場裡響起一片倒吸冷氣聲，這些人家裡雖然大多殷實，但聽到這個數字，眼睛裡還是閃出了火花。

段青青直覺地道：「大師的意思是不是讓我們把這些鑽石給——」

她手掌用力往下一切，一副心狠手辣的樣子。眾人心裡一瞬間都有過同

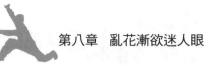

樣的心思，但只有她光明正大地說了出來。

王小軍的心狂跳起來……

綿月也不生氣，呵呵一笑道：「你怎麼滿腦子不務正道，你以為我把你們找來是為了作奸犯科嗎？」

段青青臉一紅道：「那我們能做什麼？」

綿月肅穆道：「我們能做的，就是確保這些鑽石能安然無恙地回到它們主人的手裡。」

丁青峰道：「什麼意思？」

綿月道：「那位酋長當初寄存鑽石，是因為當時國內局勢不好，他隨時準備跑路，如今亂局平定，他已成為該國總統，他要用這批鑽石重建國家，也就是說，他要把它們取回去了。」

武經年撓頭道：「我怎麼聽著還是要搶走它們的意思？」

綿月道：「確實有人在打這些鑽石的主意，但不是我們——據可靠消息，有武林敗類已經準備出手橫奪，我們要做的就是阻止他們，保證這批鑽石順利離境。」

丁青峰道：「僅此而已？」

綿月不悅道：「那你們以為呢？」

丁青峰道：「並非是我起了貪念，只是我以為大師找我們來，會做一些驚世駭俗的事，想不到到頭來只是給別人保駕護航而已。」

段青青嘟囔道：「是啊，給人當保鏢，未免不大帶勁。」

綿月道：「誰說我們要給人當保鏢？這件事除了你們，我沒和任何人說起，那位酋長的委託人也還蒙在鼓裡，我們扮演的不是保鏢，而是救世主——那些敗類一旦出手，我們就以雷霆之勢將其制服，屆時我會讓攝影組配合你們把過程拍攝下來，當了這麼久的幕後英雄，也該是你們揚名立萬的時候了。事關國際糾紛、國家榮譽，我們民協扭轉乾坤一戰成名，你們今後就是萬眾矚目的明星；到時你們登高一呼，天下武林人士群起回應，列位就是開先河之士，你們的師父、長輩誰不以你們為榮？」

丁青峰聽到這裡眼睛發光，喉結一動道：「這……真的能行嗎？」

武經年和梅仁騰口乾舌燥，手裡卻都是汗。

綿月道：「我之所以現在才把此事公之於眾，一是經過這段時間的接觸，我確定各位是可以信任之人，二來這次行動凶險無比，今天要先讓大家自行決定幹還是不幹。」

一直沒發言的沙麗忽道：「這件事的主謀很有可能是孫立，他是崆峒派的高手，按輩分，我要叫他一聲師叔，此人武功很高，但棘手的是，他很可能找來武功更高的人做幫手，畢竟十億美金的誘惑放在那，他不會單槍匹馬地行動。這次任務完成之後固然是光鮮無限，但同時有生命危險，參不參加請各位量力而行。」她頓了頓道：「不能參加的也請保密，特此謝過。」

丁青峰不假思索道：「我參加！」

武經年和梅仁騰爭先恐後道：「我也參加。」

沙麗看著段青青道：「段姑娘呢？」

段青青百無聊賴道：「本來我是沒多大興趣的，不過為了不被人說貪生怕死，那就參加吧。」

沙麗道：「千萬不要勉強。」

段青青道：「不勉強，不說別的，我從小出生在軍人家庭，既然是民協的一分子，遵從組織紀律還是懂的。」

沙麗一笑，轉向王小軍道：「李副組長，怎麼你的話又少起來了？」

沒人知道王小軍此刻的心情。他的心裡充滿了失落、沮喪和懊惱！

用段青青的話說，他也沒想到綿月如此興師動眾只是為了給別人當保鏢。他出生入死換來的機密居然如此乾癟無趣、平平無奇，如果說綿月在剛提到價值十億美金的鑽石時，他心動了一下，那是因為他也以為綿月起了將之據為己有的心思，那樣的話，他就可以將計就計，戳穿綿月的偽善嘴臉，但接下來的計畫讓他無比洩氣，雖然在丁青峰等人看來，確實是揚名立萬的機會，但他已經徹底沒了動力。

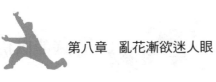

這所謂的大行動和街邊抓小偷、掃除飛車黨的性質其實是一樣的，不過是表演秀和自我標榜罷了，王小軍忽覺一陣惘然，有了強烈要退出的衝動。自己的未婚妻正受著煎熬，自己還在這裡瞎耽誤什麼工夫?!

沙麗見王小軍遲遲不表態，開玩笑道：「李副組長是開心過頭了？還是在為自己沒當上組長鬧彆扭——總不能是嚇傻了吧？」

綿月忽道：「李浩，別人都能不幹，但你一定要參加。」

王小軍愕然道：「為什麼？」

綿月道：「你說你要爭名逐利，現在就是最好的機會。其實你讓我想起了我年輕的時候，分不清爭名逐利和雄心壯志的區別，有時甚至會為自己的世俗心臉紅，這沒什麼不好意思的，利我給不了你，但你真的在乎嗎？你要的無非是一個證明自己的機會，這件事只要成了，或許蓮花掌在你手裡會成為一個偉大的門派。」

王小軍只好做出一副「好啊好啊，我參加」的興奮樣子使勁點了點頭，心裡卻在嘀咕：「蓮花掌成不成為偉大的門派關我屁事！」

但他也是被逼無奈，既然號稱自己是色狼，總不能見了美女撒腿就跑？一句話，還是得按劇情腳本走……

與王小軍失魂落魄的情緒形成鮮明對比的是，其他人都興奮不已，躍躍欲試，梅仁騰眼巴巴道：「大師，咱們什麼時候行動？」

不等綿月說話，沙麗忽道：「我宣布一條紀律，行動以前所有人不得外出，電話一律上繳。」

武經年左顧右盼，對王小軍道：「李副組長，這裡只有你的電話沒交。」

王小軍懶洋洋地把手機扔在了桌上。

·第九章·

新網紅

梅仁騰嚮往道：「『大行動』之後，咱們的臉一曝光，咱幾個就成了網紅啦！」

丁青峰掃了他一眼道：「就你這張臉，紅也有限。」說著下意識地摸著自己的臉龐。

王小軍不禁道：「你們學武就是為了『紅』嗎？」

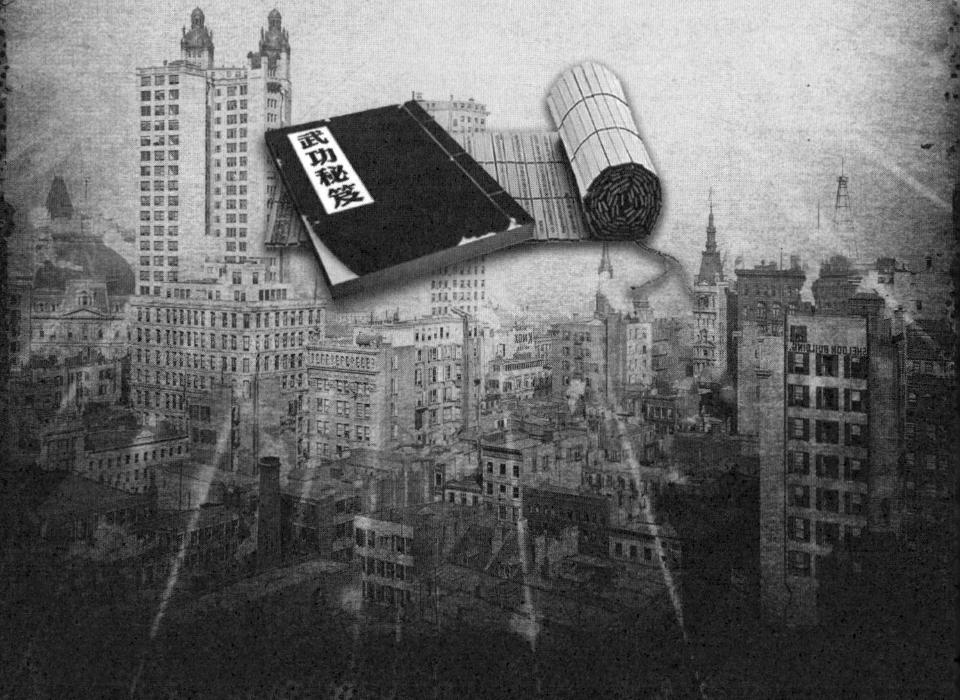

沙麗又道：「從現在開始，每兩個人一組，包括吃飯、睡覺、上廁所都不能單獨活動——青青，咱倆一組。」

段青青撇嘴道：「有這個必要嗎？」

沙麗道：「有，這件事關乎我們民協的未來，小心一點總沒錯。」

綿月這才道：「行動定在五天以後，到時酋長的人會來中國取走鑽石，那天也就是我們民協嶄露頭角之時了！」

王小軍心裡一陣煩亂：楚中石幫他化妝的時候告誡過他，這次的妝容最多能維持五天，超時必然會被識破，他已經在民協待了兩天，那意味著他的妝已經頂不到那天了。

梅仁騰又笑嘻嘻地纏著綿月道：「大師，能不能告訴我們是哪家銀行？就算七十億跟咱沒關係，我也好去存點錢沾沾財氣。」

沙麗瞪眼道：「才說了不能外出。」

綿月一笑道：「到時候你就知道了。」

武經年支吾道：「大師，我說句話您別生氣。」

綿月道：「你說。」

武經年道：「這麼大的行動，一共就我們這些人嗎？」

綿月道：「你在怕什麼？」

武經年紅著臉道：「我知道有大師的主持自然是十拿九穩，可萬一對方人手太多，就算打不過咱們，分頭跑起來也是個問題，鑽石那玩意那麼貴，丟個一把兩把就得不少錢吧？」

段青青嗤笑道：「酋長的鑽石起碼都是指頭那麼大的，你以為是你買了哄你小女朋友的碎鑽啊？還一把一把的。」

綿月笑著擺手道：「這個不用擔心，到時候我自有安排。」

王小軍猛然意識到一個問題——余巴川呢？千面人呢？他們為什麼都沒出現？

之後，氣氛忽然變得怪異起來，眾人既不能外出也不能單獨活動，可又無事可做，於是到處兩人一組兩人一組地閒逛。

梅仁騰是個死心眼，對沙麗的命令一絲不苟地執行，除了死盯著王小軍之外，自己上廁所也非得喊上他不可，王小軍幾近崩潰。

就這樣又過了一天。

第二天上午，所有人都擠在技術部的房間裡看放在網上的視頻，內容就是他們掃除飛車黨時拍的。

如今民協的網站果然成了熱門話題，從下面動輒數以千計的評論就可以看出來，大家對民協的認識還停留在「反扒聯盟」一類的組織上，但民協以極強的「職業技能」吸引來眾多的粉絲，雖然都沒露過臉，幾個小組成員卻有了固定的綽號，段青青因為腿漂亮，被廣大宅男稱為「腿姐」；沙麗在一次行動中一掌拍倒兩個小偷，被稱為「雙雙」；武經年和梅仁騰也各自有各自的外號，丁青峰的綽號和其性格極為分裂——由於他的武器是一根棍子，被粉絲稱為「猴哥」，直接拿他跟孫猴子比了。

隨著跟飛車黨戰鬥精彩程度的加劇，大批大批的評論紛湧而出，這裡面人氣最高的還是段青青，而且呈現出男女通吃的態勢。

視頻接近尾聲的時候，還有人慧眼識英雄地大讚攝影師，讓黃大飛黃小飛眉開眼笑道：「總算有人想到我們了。」

王小軍忍不住趴在眾人頭頂熱切道：「有人說起我嗎？」

技術部的李楠尷尬道：「暫時還沒有耶。誒，有了有了！」

只見下面有條新出現的評論：「新來的那傢伙誰呀？」

王小軍板著臉道：「合著我出了半天主意，被噴了一肩膀疤，到頭來就落了一個『那傢伙誰呀』？」

武經年失笑道：「誰讓你偷懶的，這視頻上又看不到臉，當然是誰的肢體語言多，誰就容易被人記住——我說李楠，你能不能也像別的網站那樣搞成彈跳式螢幕，這樣看評論多累呀。」

李楠道：「這也是我下一步的計畫。」

梅仁騰嚮往道：「『大行動』之後，咱們的臉一曝光，咱幾個就成了網紅啦！」

丁青峰掃了他一眼道：「就你這張臉，紅也有限。」說著下意識地摸著自己的臉龐。

王小軍不禁道：「你們學武就是為了『紅』嗎？」

武經年道：「本來沒想過，可民協的創辦不就是為了讓咱們有機會在人前露臉嗎？」

梅仁騰道：「而且我們想紅也沒錯呀，又不是去幹壞事。」

段青青道：「看來你們對武協意見很大嘍？」

武經年道：「那也沒有，我想過了，武協讓習武之人韜光養晦也沒錯，不過不許隨便顯露武功也太死板了；其實我有時候想，都是武林同道，大家何必分什麼民協武協，其樂融融地在一起不好嗎？」

丁青峰冷冷道：「某人的師兄現在已是武協主席，她要是對武協沒意見，為什麼不跟著她師兄呼風喚雨去？」

段青青怒道：「你陰陽怪氣的什麼意思？」

梅仁騰忙道：「快別說了，王小軍這個名字在咱們這很犯忌諱。」

丁青峰嘿然道：「我可沒提他的名字，是你說的。」

王小軍滿臉黑線，低聲嘀咕道：「又不是伏地魔……」

這時沙麗忽道：「說到武協和王小軍，武林裡最近出了一件大事，你們還不知道吧——陳覓覓已經被推選為武當派掌門，三天後就要舉行上任典禮了。」

「什麼？」段青青喊了一聲，脫口道：「那王小軍呢？」

沙麗攤攤手。

王小軍只覺一顆心一個勁地往下沉，整個人呆在那裡，口不能言，身不能動，雖然他下過決心不會放陳覓覓走，但這個消息無異於噩耗，他一個激靈，幾乎拔腳就要往外飛奔。

就在這時，綿月帶著一個五十來歲的男人大步走進來，兩人有說有笑，綿月一邊走一邊大聲道：「各位，來見過高建平高兄。」

眾人見高建平是條魁梧的武林漢子，又聽綿月稱呼其為兄，便都以晚輩禮上前招呼。

高建平一一還了禮，看見王小軍，打著哈哈道：「李浩，你愣著幹什麼，不認識師叔啦？」

王小軍吃了一驚道：「師叔？」

高建平一愣道：「你不會真的不記得我了吧？」

王小軍凝視著他道：「你哪位？」

高建平漲紅了臉道：「你這孩子，我是你高師叔啊，咱們蓮花掌傳到我和你父親這一輩就我們老哥倆，你還有幾個師叔？」

眾人聽高建平這麼說，都停下手上的事往這邊看來。

綿月的笑容僵在臉上，狐疑道：「這是怎麼回事？」

王小軍針鋒相對道：「我也正想問大師這是怎麼回事，為什麼我憑空冒出一個師叔來，這人是您是從哪兒撿回來的？」

不等綿月回答，高建平勃然道：「李浩，你太不像話了！我知道你向來對武林不感興趣，也不愛和同道結交，可我是從小看著你長大的，跟你親叔無異，你竟連我也不認了嗎？」

他頓了頓又迷惑道：「還有，你們全家不是已經移民澳洲了嗎？前兩天我還和你爸通過電話，他沒說你回來的事啊。」

王小軍冷冷道：「越說越沒影了，我從來沒見過你！」

他臉上冷淡，心裡各種念頭呼嘯奔騰，這個突然冒出來的高建平到底是不是蓮花掌的傳人已經不重要，是陷阱還是偶然也不重要，現在的情況是：他要認了這個師叔，三言兩語就會穿幫，所以只有死槓到底。

沙麗、丁青峰等人慢慢圍攏過來，隱隱對他和高建平形成包圍之勢。

欺師滅祖在任何時候都是武林裡的大忌，如果高建平真是李浩的師叔，他豈有不認之理？所以現在只有兩種可能：要麼李浩是假的，要麼這個高建平就是想借機臥底進民協，總之這兩人中，勢必有一個是敵人！

高建平既錯愕又憤怒，轉而忽道：「我明白了，你這次偷偷回來加入民協不想讓你爸知道，所以你乾脆假裝不認識我。」想到這，高建平嘿然道：「這你大可不必擔心，綿月大師是江湖名宿，你在他手下做事，這個主我就能替你爸做了，怎麼樣，師叔夠意思吧？」

王小軍搖頭道：「少廢話，我說不認識你就是不認識你，你打著我的幌子跑到民協有什麼目的？」

高建平再也忍耐不住，跳著腳怒喝道：「李浩，你這個小王八犢子，你到底想幹什麼？」

這時段青青道：「兩位都不要急，事情總有水落石出的時候——高前輩，你說蓮花掌傳到你們這一輩只剩兩個人，那你能說說蓮花掌的由來嗎？」

眾人一聽都道：「沒錯，你說說看。」

高建平氣鼓鼓道：「這有什麼可說的，蓮花掌是清朝義和團一位老拳師自創的武功，因為他名字叫『憐花』，起初這個門派就叫『憐花派』，後人覺得這個名字不夠偉岸，這才改成了蓮花掌——」他瞪著王小軍道：「那個老拳師就是你祖宗！」

眾人聽到這裡面面相覷，段青青微笑道：「這個……恐怕不大對吧？」

高建平怒目道：「我們門派的事我說的不對，那你說！」

武經年道：「蓮花掌不是由少林武功沿襲而來的嗎？」

「放屁！這是誰胡說八道？」高建平氣得在原地直蹦。

眾人都無言地看著綿月。

綿月沉吟道：「高兄不要生氣，你還有什麼證據嗎？」

高建平想了想道：「他左肩上有塊胎記！」

沙麗脫口而出道：「沒有。」

高建平詫異道：「你怎麼知道？」

沙麗淡然道：「我幫他包紮過傷口。」

高建平愣了愣，終於恍然道：「那他就不是李浩！」

丁青峰嘿嘿笑道：「有意思了，李浩突然沒法證明自己是李浩了——李浩的家人不是都在澳洲嗎，你們兩個誰能先聯繫到李威，誰就是真的，這麼簡單的事沒人想到嗎？」

王小軍心下一抖，但不動聲色道：「你說你是我師叔，我讓你先打。」

高建平甩手道：「李威現在帶著全家在澳洲四處旅遊，只有他到地方了打給我，我怎麼知道他流浪到哪去了？」

丁青峰嘖嘖道：「看來還無解了。」

「有解！」段青青一字一句道：「你們都說自己是蓮花掌的，那就比劃比劃，誰打贏了，誰就是真的。」

高建平眼中似乎要噴出火來，瞪視著王小軍道：「小子，我不管你是誰，冒充我師侄有什麼目的，但這可是你逼我的！」

王小軍神色不動道：「你贏了，我給你磕頭賠罪，你輸了呢？」

高建平喝道：「我自己滾蛋！」他話音未落雙膀一甩，身上的外套「蓬」的一下飛進牆角，顯見得爆發力十足。

王小軍心裡頓時沒了底，不管對方有什麼目的，他既然敢來，就說明武功不低；退一萬步說，他要真是李浩的師叔呢？他的蓮花掌都是他臆想出來的，經不起推敲，高建平只要表現出丁點的淵源，就算輸了也會引起人們的懷疑……

高建平見王小軍遲遲不動手，似乎看出了他的疑慮，冷笑道：「到了動真格的時候就傻了吧？」

他左掌平平伸出，右掌則高舉過頭頂，姿勢可謂怪異，眾人不管真假，這時見了這特別的架勢都是翹首以待。

下一刻，就見高建平忽然踮起一隻腳跳到空中，同時身體有節奏地扭動起來，落地之後，立刻換上另一隻腳再次躍起，就這樣一邊跳，一邊搖擺，兩隻胳膊也不停倒替，那姿態很難形容，既像是嗑了藥的芭蕾舞演員，又像是神明附體。

他就那麼在原地蹦來跳去，嘴裡念念有詞道：「看出厲害了沒？這叫蓮花步，當年連洋人的子彈都能躲過。」

眾人盡皆愣然。

武經年看了半天恍然道：「我明白了，這是義和團的法師在出征以前搞的祈禱儀式，說白了就是跳大神的。」

段青青百無聊賴道：「李浩，你還等什麼？」

王小軍道：「讓你也看看我的蓮花步！」他步子斜著往前一踏，掌綻蓮花，就聽砰砰連聲，高建平接連中掌，魁梧的身子不住倒退，最終一屁股坐在了地上。

丁青峰厲聲道：「姓高的，你混到我們民協到底想幹什麼？」

高建平看王小軍的神色頓時變了，伸手指著王小軍大聲道：「這不是蓮花掌，他也不是李浩！」

梅仁騰嘆氣道：「別死撐了老兄，他打的不是蓮花掌，難道你的是？」

武經年也附和道：「以後想冒充別人也用點心，你就說你是練猴拳的不好麼？」

高建平又氣又急，訥訥道：「我……我……」

綿月道：「來兩個人，請高先生出去吧。」

武經年和梅仁騰二話不說，上前夾起高建平大步走了出去。

丁青峰道：「就這麼放他走嗎？」

綿月道：「沒關係，好在我們的行動我還沒有跟他說起。」

武經年和梅仁騰回來以後嘻嘻哈哈道：「這個高建平嘴也真是硬，到最後還在說自己是李浩的師叔，這麼執著的騙子還是頭回見。」

「這個高建平到底什麼來路，是武協的人嗎？」

丁青峰撿起高建平丟在地上的衣服，發現手機還在兜裡，沙麗衝他招招手，他只好把手機遞了過去，沙麗摁亮，看了一眼似乎沒什麼發現，關了機扔在桌上。

梅仁騰拍了拍王小軍的肩膀，笑嘻嘻道：「突然多出一個師叔的感覺怎麼樣？」

王小軍沉著臉道：「這裡是不是有人欠我一個說法——」他忽然面向綿月道：「大師，這人說是我師叔你就信了？」

「這……」綿月竟被問得一愣，遲疑道：「一開始我並不知道他是假的。」

王小軍道：「所以當我說不認識他時，你對他和對我的懷疑是一樣的，你也覺得我有可能不是李浩？」

武經年打圓場道：「這也不能怪綿月大師，突然冒出來一個人說是你師叔，總得把事情搞清楚不是？再說，你無非也才來兩天而已。」

王小軍冷笑道：「說得對，這兩天我跟著你們出生入死，差點被人一槍把腦袋轟掉，就為了探聽一個給人當保鏢的機密，然後沾你們民協的光，成為一個網紅。」

段青青忍不住道：「你哪來這麼大的脾氣？」

沙麗忽道：「是我。」

眾人一起看向她，沙麗不緊不慢道：「是我聽說你還有一個師叔，想著讓你們叔侄團聚，沒想到弄巧成拙了。」

王小軍道：「是恰巧聽說而已嗎？還是你專程打聽到有這麼個人，想來試探試探我？」

沙麗居然坦誠道：「我是對你不放心，這裡只有你和你的門派我們以前從沒聽過，以你的武功本來不該如此籍籍無名的。」

王小軍道：「那你現在有結論了嗎？」

沙麗道：「現在想來，應該是有人想利用這一點好滲入我們民協，所以故意放出風聲讓我上當。」

梅仁騰道：「好在最後真相大白了，誤會一場，李浩，你也就別咬著不放了。」

王小軍笑了笑，環視一周，忽然道：「算了，也沒什麼可收拾的——」他看著沙麗道：「能把電話還我嗎？哦，不還也行，反正也沒什麼秘密。」

丁青峰道：「李浩，你什麼意思？」

王小軍道：「既然你們不信任我，那我走好了，放心，你們的『大行動』，我會替你們保密的，其實就算我想破壞也沒辦法，無非就是報警讓警察也來參一腳，這樣損人不利己的事情我是不會做的，祝各位都能成為網紅，『新來的那傢伙』要告辭了。」

沙麗道：「如果我向你道歉呢？」

王小軍擺手道：「無所謂了，我還是一樣要走，說句實話吧，綿月大師公佈『大行動』的當時我就覺得沒興趣了，可又不好掃大家的興。回頭想想，你們的人氣也都是拼命換來的，我中間加入坐享其成也不太好，蛋糕總共就那麼大，人越多，分到手的就越少，好在我不愛吃蛋糕，咱們就各取所需吧，以後有緣再見！」

眾人面面相覷，誰也不知道是該攔還是不攔。

綿月沉聲道：「李浩，這不是賭氣的事。」

王小軍道：「真沒賭氣，就算沒這件事，我也在想著怎麼告辭。」

自打進入民協以來，也只有這句話是他的心裡話，這回還真不是欲擒故縱，沒興趣固然是真的，最重要的：陳覓覓再有兩天就要成為武當掌門，王小軍現在離心似箭，說完這些，他只覺無比輕鬆，整個人已經下意識地要飛出去了。

沙麗身形一閃，擋在他面前道：「你不能走。」

王小軍雙掌微張，森然道：「這是要撕破臉了嗎？」

這一刻，他的心早飛到了武當山上，要離開的決心也空前的堅定，王小軍甚至準備好了破釜沉舟的打算，就算暴露身分也要衝出去找陳覓覓，至於綿月的網紅計畫，讓它們見鬼去吧！以他現在的武功，一心只想逃走的話，似乎也並不是沒可能！

沙麗這一帶頭，丁青峰也站到了她身邊和王小軍對峙起來，他冷冷道：「李浩，你自己也說了，如果你報警的話，我們的計畫就會泡湯，所以就算你不參加，也得委屈你等我們行動完成後才能離開，你這麼急著走，我可不大放心。」

王小軍嘿然道：「我忽然想起來有一件重要的事要去做，你最好不要擋道，不然你們都會後悔的！」

丁青峰抽出腰間的短棍道：「正好我也一直想領教一下你的蓮花掌。」

段青青道：「雖然我不喜歡李浩這個人，但我想說，去留是人家的自由。」

場上充滿了火藥味，隨時有可能大打出手，綿月喝道：「都給我住手！李浩，你跟我來，我有幾句話要跟你說。」

王小軍譏誚道：「大師，你不用跟我廢話了，我今天是一定要走的！」

綿月道：「我把要說的話跟你說完，你還想走，我絕不攔你！」

王小軍一怔道：「真的？」強力突圍，他的把握並不是太大，綿月這個條件他實在無法拒絕。

綿月也不多說，背著手率先走了出去。王小軍在沙麗和丁青峰的虎視眈眈下隨他離開。

兩個人上了這棟陳舊廠房的天臺。綿月背對著王小軍，俯視著下面，王小軍遠遠地探看了一眼，這是六樓的屋頂，四下都是荒灘，也就是說，把一個人從這裡丟下去的話，絕不會被發現，而以自己目前的輕功，「掉」下去也很難倖免。

王小軍為了不引起綿月的懷疑，硬著頭皮往前湊了湊道：「大師，有什麼話你就說吧。」

綿月仍舊背對王小軍，忽然幽幽道：「出家人不打誑語，我得承認，那個高建平確實是我和沙麗商量好了來試探你的。」

王小軍道：「所以他壓根就不是什麼蓮花掌的門人？」

綿月搖搖頭道：「我說的不是這個意思，高建平不是我們找來的托兒，他也的確自稱是你父親的師弟，客觀上說來，我們至今仍不清楚他和你到底是誰說了謊。」

王小軍一震，道：「那你讓我走就好了，跟我說這些還有意義嗎？」

綿月道：「可是我後來確信你是真的。」

「這又是從哪看出來的？」

綿月轉過頭來，認真道：「因為我看出你是真的想走，如果你有所圖，就會想辦法留下來。」

王小軍道：「萬一我真的想去報警呢？」

綿月笑道：「你不會，這種事損人不利己，這可是你自己說的。」

「萬一我就是個心理扭曲的變態呢？」

綿月又笑了：「你不用再跟我賭氣了，就算你想報警，也得弄明白我們到底什麼時候動手，在哪家銀行。別說我們只是想阻止一起搶劫，就算我們是主謀，憑你現在掌握的資料，警察也不會相信你。」

王小軍道：「你說了這麼多，真正的意思是什麼？」

綿月道：「我想說的就是，我已知道你沒問題，而且你退出是因為對我的失望。」

「所以呢？」

綿月道：「所以我想再次誠懇地邀請你參加我們的行動。」

王小軍無聊道：「可是我剛才已經說過了，我不再感興趣了。」

綿月搖頭微笑道：「李浩，你告訴我，你是更愛名，還是更愛利？」

王小軍道：「這兩樣我都愛，但恕我直言，大師你策劃的這件事，這兩種東西我都沒看到，或者說——」

綿月接口道：「程度還不夠？」

王小軍點頭。他現在只想走，所以找到個藉口就一口咬定，而且妙就妙在這個藉口還是對方幫他找的。

綿月忽道：「那你再告訴我，如果這次行動能讓你輕鬆賺上幾億，你還想離開嗎？」

王小軍瞪大了眼睛：「幾億？」他失聲道，「你不是說……」

綿月鄭重地點點頭：「沒錯，這次行動中，我們既要阻止搶劫，同時也是主謀！或者換過來說，整個事件都是我們策劃的。」

乍聞這個驚天的內幕，王小軍語無倫次道：「那……那鑽石是真是假？」

綿月道：「鑽石當然是真的，它們被分別裝在兩個手提箱裡，每個箱子價值五億美金，我們的計畫是搶走其中的一個，把另一個交還給它們的主人。」

王小軍恍然道：「行動組其實是搶劫組？」

綿月擺手道：「行動組的任務仍然是阻止搶劫發生，我倒更樂意稱其為紅組；而藍組，就是你所說的搶劫組了。」

王小軍脫口道：「所以你要我加入藍組？那紅組的人怎麼辦？他們還怎麼當網紅？」

綿月呵呵一笑道：「你原本有兩隻雞蛋，眼看都要摔在地上，這時忽然有人出手幫你接住一隻，那你是不是也得感謝他呢？」

王小軍道：「沒錯，紅組仍然有功！」

綿月微笑道：「是了，有人在乎名，有人喜歡利，這才叫各取所需！」

·第十章·

內鬼

這時王小軍一不留神被余巴川揭掉了面罩，沙麗驚呼：「李浩？」

司機陰惻惻道：「他可不是什麼李浩！」話音未落，他已扯掉王小軍臉上的偽裝。

這一回不光沙麗，連武經年和丁青峰也都驚叫起來：「王小軍？！」

綿月這番話說完，一直以來最讓王小軍迷惑的問題也隨之解決了：余巴川、千面人他們都已加入了藍組！

王小軍的腦袋在飛速地運轉，綿月這個驚天內幕一透露，他已經不想走了，或者說——不能走！他現在要解決的第一個問題是：以李浩的性格，接下來會怎麼做？

王小軍忽然苦笑道：「我都要走了，你為什麼告訴我這些？」

綿月道：「因為你有野心，我看得出你想要的比他們都多，所以你是最好的人選。」他頓了頓道：「這個計畫的關鍵，其實在藍組，要想讓事情都在控制之內，藍組的成員武功要絕對高於紅組，不然就會作繭自縛，這一點你應該也明白。」

王小軍點頭：「明白。」

這是綿月導演的一齣警匪大劇，結局已經定好了，雖然是正義的一方取得了勝利，但這勝利是反方拱手讓出來的，雙方只是扮演不同的角色而已。

想到這，王小軍又道：「那紅組的人……」

綿月已知他要問什麼，斷然道：「紅組的人一概不知情，他們盛意拳拳要做的是自己認為正確的事，也只有這樣才能讓觀眾信服。」

王小軍又苦笑道：「大師讓我加入藍組，是不是在你眼裡我就是奸邪小人？」

綿月悠然道：「你只是比他們更成熟罷了，這世界上哪有那麼涇渭分明的正義奸邪？只要問心無愧也就是了。」他話題一轉道：「你來之前，我正在為藍組的實力擔心，如果你肯參加，那就萬無一失了。」

王小軍道：「那錢怎麼分？」

綿月道：「加上你，藍組一共是五人，五億美金到手後分成兩份，一份這五人均分，另一份作為民協以後的活動資金。保守估計，每人也有兩三億的進賬。」

王小軍暗自計算，這五個人裡，孫立是一定會參加的，他果然是綿月同夥，余巴川和千面人自然也不會落下，自己也占了一個名額，那還有一個是誰？

當然，這個問題不能問，他故意避重就輕道：「這筆錢，紅組的人沒份嗎？」

綿月道：「求仁得仁，他們要的不是錢。而且你們擔的風險值得這麼多回報。」

王小軍默然片刻道：「大師，有句話我知道不該說，可是不說又憋得難受。」

綿月道：「但講無妨。」

「做這樣的事……」王小軍咬了咬牙道：「我還是直接一點吧——你可是出家人啊！」

這個問題，不管是王小軍還是李浩，最終都是要問的，所以他也沒再避諱。

綿月呵呵一笑道：「我已經等你說這句話很久了。」

綿月搔了搔短髮，似乎一時不知該從何說起，想了想道：「所謂的酋長和總統，其實不過是通過武力暴動上位的軍閥而已，他的錢一大部分並不是用來建設國家，而是屠殺異己，殺惡人即是行善，我想我們搶他的錢，佛祖也不會怪罪的吧。」

說到這，綿月笑了起來，把搶劫和佛祖放在一起，讓氣氛變得有些詭異。

綿月忽然正色道：「這種事情，是我們民協的第一次，也是最後一次，這件事之後，我希望你自己也忘掉它，從此，民協會成為真正的民協，武林人從幕後走到臺前的時候到了！」

王小軍詫異道：「你真的想振興民協？」

綿月道：「不然你以為我圖什麼？」綿月說到這忽然有些黯然道：「世間萬事有得到就有犧牲，我為了實現自己的野心做了違心的事，也算是一種報應吧。」

王小軍忽道：「說了這麼多，我還沒答應你會加入藍組，但我猜你現在肯定更不會讓我走了。」

綿月一笑道：「你猜錯了，對你而言，我這裡依然來去自由。」

王小軍道：「這次你還不怕我報警嗎？」

綿月道：「你仍然沒有足夠的證據——最重要的，我相信你。」

對綿月的拉攏和示好，王小軍都當成了耳旁風，藍組的秘密不可謂不讓他震驚，這也是扳倒綿月最好的機會，甚至是唯一的機會。但他要面對一個艱難的選擇：陳覓覓怎麼辦？

他明知道劉平找她回去只是臨時應急的法子，陳覓覓當上武當派的掌門，不光不會開心，還賠上的是兩個人的幸福，他要去阻止的話，也許還有一絲轉機……

綿月道：「為了表示我的誠意，我可以再告訴你一個秘密：我們的行動日期其實不是四天以後，而是就在明天！」

「什麼？」王小軍驚訝道：「你把我們都騙了？」

綿月攤手道：「雖然我完全可以說是臨時變動，但我不想敷衍你——紅組那麼多人，誰也不敢保證他們會不會中途退出，我總得留條後路。」

王小軍突然大聲道：「在哪個銀行？」

綿月也應聲道：「不能說！」

王小軍笑了：「我加入。」

綿月也笑了：「我們回去，就當什麼事也沒發生。」

……

眾人本來還在討論李浩的去留問題，忽見他和綿月有說有笑地回來了，丁青峰冷笑道：「嘴上說得好聽，其實還是捨不得走。」

綿月咳嗽一聲道：「剛才的事誰也不許再提，李浩仍然是你們的副組長，但他不再參加當天的行動，而是另有任務。」

丁青峰這才暗暗鬆了口氣，幸災樂禍道：「李副組長原來真的不想出名啊。」

行動組這幾個人裡，段青青和沙麗人氣都很高，但男的裡，就數他「猴哥」最有辨識度，他唯恐進了新人打破這個局面，雖然當不了人氣王，「一哥」的位置一定要保住！

綿月道：「那就這樣，大家照常準備，今晚我外出辦事，這裡的一切都由兩位組長說了算。」

段青青順口道：「您去哪？」隨即也覺得問得太多了，抱歉地聳了聳肩。

到了晚上熄燈的時間，王小軍躺在床上卻久久不能入睡。

他表面越平靜，心裡就越波瀾壯闊，綿月終於露出了尾巴，他似乎只要一伸手就能抓住，但他清楚，憑他一個人辦不到任何事，藍組的另外四個人裡，余巴川和孫立都是超一流高手，千面人神出鬼沒，還有一個人自然不會差到哪去。

最可怕的是：聽綿月的意思，他並沒有親自參加紅組行動的計畫，所以他可能隨時出現在任何地點，自己單槍匹馬想要破壞他們的行動幾乎是不可能的！所以他現在急需把這個消息送出去！想要有轉圜的餘地，他就需要更多的幫手！

可是能和外界聯繫的途徑都被切斷了，所有人的電話都在綿月那裡，這裡沒有固定電話，那台能上網的電腦掌管在李楠手裡；而且王小軍悲催地發現：自己認識的那些老古董根本沒人會上網！

王小軍輾轉反側，這時對面床上的梅仁騰在夢中翻了個身，接著繼續酣睡過去，他們確實可以安心入睡，因為他們不知道真正的行動就在明天，但留給王小軍的時間不多了，或者說，今晚已是最後的機會！

在電光火石的一瞬間，王小軍忽然想起一個細節：白天，高建平的電話被留在桌子上沒人動過！王小軍猛地坐了起來，同時伸手抵住床板，使其不能發出聲音。

在這個高手環伺的地方，絕不能有一絲大意，他在夜色裡靜靜地佇立，側耳傾聽門外的動靜，那裡只有破舊的門窗漏進來的風聲，除此之外，就是走廊盡頭那盞昏黃的燈泡灑過來的微弱燈光，風聲配上微光，合成了搖曳的影子在門縫裡進進出出，一切顯得莫測起來！

王小軍僵直地坐在床邊，動作極慢地穿上衣服，蹬上鞋子，嘴裡模仿出人睡著後悠長的呼吸聲，他走到門前，潛運內力把它抬高，讓它無聲地打開一個僅供一人進出的空間，隨即一閃身來到了走廊，王小軍決定鋌而走險，聯繫胡泰來！

在夜色裡，王小軍寸寸前移，不時停下探看四周，他身子像狸貓一樣輕盈，時而變成一條門框，時而又和牆角融為一體，他從沒在別人面前顯露過輕功，也是為了這一天！

當他抵達一樓的時候，如墨的黑夜使這間空蕩蕩的廠房充滿了未知的危險，王小軍蹲在一張木凳旁邊，仔細地辨別著桌子的位置。

就在這時，已經漸漸習慣黑暗的他忽然依稀看到一片黑幕中有個人影一閃，然後迅速貼近沙發和桌子翻找著什麼，王小軍屏住呼吸，眼睛一錯也不錯地盯著對方，看來這人打著和自己一樣的主意，想要和外界聯繫！

看著看著，王小軍笑了——從對方抬手俯身中，他發現這是一個身材妙曼的姑娘，正是段青青。

王小軍正要上前相認，但天生的直覺還是讓他做了很慎重的選擇，他伏低身子，仔細地打量著四周，有種強烈的危險感在接近！

王小軍本來是從不相信直覺這種東西的，但這次的感覺太清晰、太強烈，就像是敵人已到了和他呼吸相聞的地步，王小軍順著那種感覺抬頭，就見二樓的扶梯上，有個人靜靜佇立在那兒，既不動也不說話，直如一個擺設，他不動聲色地俯視著段青青，而後者渾然不覺，還在找著電話。

那種危險的感覺正是從二樓這人身上散發出來的。饒是心理已有準備，王小軍還是嚇出了一身冷汗。

段青青已經暴露了！這意味著她已經成為貓嘴裡的一隻小老鼠，總之是無法全身而退了。

這時段青青從沙發扶手的縫隙裡找到了手機，她無聲地雀躍了一下，王小軍忽然站直身子大聲道：「誰在那？」他話音未落，樓上那人已經摁亮了大燈，正是沙麗。

段青青大吃一驚，下意識地把電話藏在身後，神色驚恐道：「你們兩個怎麼不睡覺？」

沙麗淡淡道：「我們兩個剛才並沒有在一起，我也是剛發現他也在那——」她掃了一眼王小軍道，「你倒是把我嚇了一跳，你去樓下想幹什麼？」

王小軍努力平靜道：「我發現有人在這亂晃，所以來看看。」

「是嗎？」沙麗面無表情地走下樓來，這時其他人聽到動靜也全都出來圍觀，沙麗對段青青道：「不用藏了，我都看見了。」

段青青見事機敗露，把電話扔在地上，沙麗問：「你想給誰打電話？」

段青青大聲道：「跟著你們鬼鬼祟祟的，我給家裡打電話也不行嗎？」

沙麗道：「那你為什麼不申請？」

段青青不滿地道：「我給我父母報聲平安也得申請嗎？這裡又不是監獄。」

沙麗淡淡道：「規矩就是規矩，任何人都不能例外。」

丁青峰唯恐天下不亂地道：「恐怕這個電話是打給你師兄的吧？誰都知道武協和民協勢不兩立，你正好把我們的計畫都透露給他，好讓他到時候帶著武協的人來搶功，我們竹籃打水一場空，你師兄坐享其成。」

段青青哼了一聲道：「你太小看王小軍了，他才不屑幹這種事。」

丁青峰頓時像打了雞血一樣：「這麼說你承認了？」

武經年愕然道：「青青，綿月大師待你不薄啊，你這麼做是為什麼呢？其實咱們這些人裡大部分的長輩都在武協，咱們現在做的事無非就是讓長輩們高興高興罷了，難道誰還能真的針對武協幹什麼壞事？」

段青青搖頭道：「你太幼稚了，綿月創建民協，目的就是為了全面代替武協，順我者昌逆我者亡，搶劫鑽石的計畫他是怎麼知道的？為什麼不讓我們跟外界聯繫，這些你們都不想想？」

丁青峰道：「好啊，終於肯說實話了，原來你就是王小軍安插在我們身邊的臥底！」

段青青懶得解釋，柳眉倒豎道：「你們想怎麼樣？」

梅仁騰訥訥道：「是啊，咱們該拿她怎麼辦，總不能真殺了她吧？」

丁青峰目光灼灼道：「過了今夜，還有三天就要行動了，就算不殺她，也得讓她老實待上三天！」

段青青喝道：「你們敢！」

沙麗忽道：「李副組長，你的意思呢？」

王小軍一怔，在剛才的幾分鐘裡，他進行了激烈的內心鬥爭，此刻綿月不在，他要是帶著段青青逃走還是有把握的，但那樣一來，綿月的行動他就永遠別想參與了，想阻止一起時間不知、地點不知的搶劫，那無異於大海撈針。

王小軍一步一步逼向段青青，段青青警惕道：「你想幹什麼？」

王小軍森然道：「段青青，你別忘了你師兄的身分，我們的民協的事還輪不著他來管，就算要清理門戶，他也只能拿你開刀。」

段青青皺眉道：「莫名其妙！」

王小軍又道：「如果我放你走，你能答應我不去通風報信嗎？」

沙麗意外道：「你要放她走？」

丁青峰大聲道：「這可不行，傻子也知道她一出這個門就會出賣我們，憑你一句話就把她放了？」

沙麗看著王小軍，似乎在等著他解釋，王小軍忽然貼在她耳邊低聲道：「真正的行動日期，你是知道的吧？」

沙麗目光閃爍，並沒有其他表示，說明明天的行動她是清楚的；她看了看王小軍，小聲道：「你是想用疑兵之計？」

王小軍點點頭，隨即又道：「不管是殺了她還是看著她，以後都是麻煩，我們人手本來就不夠。」

沙麗道：「我沒意見，但是你得找到一個放她的理由。」

王小軍對段青青道：「下午我要走的時候你幫過我，現在我還你一個人情——出了這個門之後，我們就是敵人了。」

段青青疑惑道：「你們真的肯放我走？」

王小軍道：「咱們送佛送到西，沙組長，你我就親自陪她收拾東西、送客出門吧。」

沙麗道：「我沒興趣。」她伸手指點武經年和梅仁騰道：「你倆去。」

三個男人跟著段青青來到她宿舍門口，段青青回身想要關門，王小軍把手按在門上衝她搖了搖頭，段青青譏笑道：「你覺得我屋裡有什麼可藏的？」

其實真沒什麼可收拾的，無非是一套洗漱用品，幾件換洗衣服，不過倒是有幾件大衣都價值不菲的樣子，段青青的手在它們上面逐一摩挲而過。

王小軍忽道：「就穿這件吧，你不是說這件大衣除了腰帶俗氣，其他都很好嗎？」

段青青回頭瞪了王小軍一眼道：「不用你管！」

王小軍嘆了口氣道：「我真不應該在今天放你走。」

段青青道：「你要後悔的話，我也奉陪到底！」

下了樓，王小軍站在門邊，一字一句道：「段青青，你要記住我說的每一句話，不要讓我失望。」

「哼！」段青青冷笑一聲，大步地走了出去。

送走段青青，王小軍茫然若失，他已經盡力暗自傳達出要傳達的訊息，無奈段青青看起來並沒有領會到。

也難怪，人在這種壓力下是很難注意到這些細節的。最主要的是：就算段青青懂了他的意思，仍無從知道明天搶劫的時間和地點，憑她的影響，也找不來什麼厲害幫手，這也是沙麗肯放她走的主要原因。

第二天一早，人們照常懶散地起床、練功，無所事事地閒逛，早晨如此，中午也是如此，連沙麗也沒有一點要做準備的跡象。王小軍的心卻越揪越緊，再不行動，銀行馬上就要下班了，難道綿月又把自己騙了？

直到傍晚時分，王小軍已經確定行動不可能會在今天了，這時綿月回來了。他大步走進來，衝沙麗點了點頭。

沙麗忽然站起來拍拍手道：「行動組和攝影組集合。」

武經年道：「不是說在大行動以前不出任務了嗎？」

沙麗道：「我們現在要去做的，就是大行動！」

「什麼？」眾人全都振奮起來。

沙麗道：「快去準備一下，五分鐘後集合。」

她走到綿月身邊，把段青青的事告訴了他。

綿月無動於衷道：「走了也好，早知道就不用大費周章了。」他衝王小軍招招手道：「李浩，你跟我來。」

兩人快步穿過大堂，綿月道：「準備好了嗎？」

王小軍點了點頭，隨即道：「現在先帶你去見幾個朋友，然後我會告訴你你的任務。」

他帶著王小軍出了大門，左右掃視了一眼，忽然上了一輛麵包車。

車裡加上司機，正好是四個人，其中三個人蒙著臉。綿月道：「這就是藍組的所有成員了。」王小軍回頭看看大門，沒料到一會兒要對敵的兩個組只隔了一道門。

「歡迎。」前面那司機扭頭說了一句。他身材勻稱，聲音充滿成熟的男性魅力，就是臉上蒙得嚴嚴實實。

坐在副駕駛座上的是一個看著文質彬彬的老男人，這些人裡只有他沒有戴面具，王小軍稍一琢磨就明白了：這肯定是千面人，他隨機把自己改裝成一個陌生人，確實比戴面具還能起到混淆視聽的效果。

坐在後座上左面那個人，個頭不高，這時正在斜睨著王小軍，這也是王小軍唯一一上車就認出來的人：余巴川！他身上那種令人討厭的氣息還是一如既往，而右面那人，看露在外面的皮膚，年紀應該不小，沒猜錯的話，應該是孫立。

孫立惡狠狠地瞪著王小軍道：「大師還是信不過我們，終於又找了一個人來？」

綿月沉聲道：「為保萬無一失，小心點總是對的。」

孫立嘿然道：「看這小兄弟年紀不大，想不出他有什麼過人的本事。」

綿月不悅道：「廢話少說，今晚之後，你們幾個就當從沒見過好了。」說著，把一個面罩遞給王小軍道：「你也一樣，這幾位的身分你不用胡亂揣測，就當今晚的事從沒發生過。」

王小軍套上頭套道：「好。」

綿月道：「由於進了新人，重新安排一下任務。」他對王小軍道：「你的任務是箱子到手以後和沙麗遭遇對戰，然後敗給她。」

「那……我還搶不搶回來？」

綿月道：「不搶了，我們會帶另外一隻箱子走。」

王小軍點頭：「明白了。」他忽道：「可是我武功本來就不如沙麗，萬一被她纏住怎麼辦？」

綿月道：「到時候這幾位會幫你脫困。」

王小軍四下抱拳道：「多謝了。」

副駕駛上的老文青忽然道：「你輕功怎麼樣？」他聲音沙啞，正是千面人。

王小軍道：「不怎麼樣，還請前輩多關照。」

千面人高深莫測地笑了一聲，也不再說什麼。

綿月道：「行動中一切多加小心，儘量不要使用本門武功給人留下把柄，各位都是高手，我就不贅言了。最後預祝大家行動成功！」綿月說完，拉開車門走了出去。

綿月走後約有一分多鐘，司機也不開車，似乎在發呆，千面人在他肩膀上一拍，咯咯笑道：「咱就別在人家紅組門口堵著了。」

司機這才回過神來道：「去哪兒？」

孫立道：「早去早歇心，還是去行動的地方看看吧。」

司機道：「那你們想好了，一旦到那就不能再隨意走動，現在離行動時間還有三四個小時呢。」

王小軍打量了一眼外面的天色，此刻大概是傍晚六點多，什麼銀行晚上十點還不關門？

司機說走就走，東拐西拐進了一家地下車庫，最終他把車停在離安全出口最近的地方。王小軍更無從得知這是哪家銀行了。

司機盯著安全出口道：「一會兒目標會從那裡出來，八個人，兩隻箱子，荷槍實彈，但我們不會給他們開槍的機會。」

王小軍脫口道：「你怎麼知道得這麼清楚？」

不等司機回答，千面人已不高興道：「你問得太多了！」

王小軍越來越有一種感覺：千面人是個女的，而且像是個護著丈夫的小媳婦。尤其是他看司機的眼神，是那種含情脈脈，不時凝視的，可想而知一個老頭最後竟露出韓劇女主角的容貌該有多驚悚。

就這樣，司機在出神，千面人在犯花癡，車庫裡光線越來越暗，一車人既睡不著也不說話，就那麼大眼瞪小眼地相互瞪著。

王小軍嘿嘿一笑道：「各位老大，咱們也算半個生死之交了，真實姓名保密，互相總得有個稱呼吧？」

余巴川冷冷道：「你以後也見不到我們，所以問了也白問。」

王小軍道：「你們連我的臉都見過了，這樣是不是不太公平呀？」

孫立不耐煩道：「你到底想幹什麼？」

其實王小軍也不知道自己想幹什麼，在他的潛意識裡，這只是緩解壓力的一種方式，這四個人他明明認識三個，可又不能直呼其名，對他來說也是一種煎熬。

千面人忽然道：「你要實在覺得彆扭，就用數字代表我們好了，這位是一先生，我是二先生，以此類推。」

孫立忽然笑道：「這倒像我們……」

余巴川使勁拽了他一把。

王小軍正要說什麼，司機忽然一挺腰坐起來道：「目標出現！」

司機話音未落，兩名荷槍實彈的特警從安全門裡走了出來，他們左右瞭望，似乎在確認環境是否安全。

司機盯著安全門緩緩道：「嗯，這兩個是先頭部隊，剩下的應該和使館的人在一起，他們在和銀行做交接。」頓了頓又道：「我們只盯箱子不盯人，拿到箱子立刻撤退。我強調一點，不要試圖從使館的人身上找到密碼箱的鑰匙，鑰匙只有酋長手裡有！」

他語氣自信而篤定，顯得對這家銀行無比熟悉。

通道裡腳步聲響起，另外六名特警帶著兩隻箱子簇擁著非洲大使走了出來，司機沉聲道：「行動！」

王小軍把手放在車把手上就要開門，余巴川按住他道：「你去幹什麼？」

「幹活啊。」

「你這副樣子，不等接近對方就被打成篩子了！」

王小軍這才意識到自己臉上還戴著面罩，他詫異道：「那怎麼辦？」

千面人輕笑一聲，開門下車。王小軍恍然，千面人不遮臉，固然是因為他技巧高明，能隨意偽裝出各種人，主要還是為了這一刻！

幾個特警聽到有動靜，都警覺地端起了槍，待見只是一個斯文的老頭時，這才恢復常態，有兩個甚至抱歉地笑笑，暗責自己大驚小怪。

可就是這個剛才還讓他們覺得抱歉的老頭，身子在突然之間已經動了——他快速貼近頭兩名特警，雙掌齊切，將兩人打昏，隨即趁對方陷入混亂之時，鑽進了剩下幾人的陣中！

特警們雖然有槍，但長長的槍管支楞起來完全無法應付變生肘腋的局面，千面人兩手一探，拽住周邊兩人的槍帶，使他們就像自己延伸的手臂一樣去擾亂別人的動作，一邊掌劈腳踹，當車裡的人打開車門時，八名特警只剩兩人還有行動能力，孫立和余巴川往上一衝，戰鬥瞬間就結束了。

王小軍暗暗嘆了口氣，就在剛才他還猶豫過要不要出聲提醒這些特警，從而破壞綿月的計畫，但只一愣神的工夫就已經失去了機會。

那個黑人大使眼睜睜地看著突然冒出來的這幾個人徒手打倒了特警，立即高舉雙手，跪倒在原地。

千面人在他臉上拍了拍道：「老黑挺聰明的嘛。」然後撿起地上的一隻箱子扔給王小軍，隨即把另一隻提在自己手裡。

「住手！」隨著一聲嬌叱，沙麗帶著另外三個紅組成員從車庫的大門飛撲而下。

千面人嘿然道：「主角登場，咱們該落幕了。」

他腳尖點地掠了出去，瞬間就和攔住他的梅仁騰交上了手。其他人也都各自找到對手，車庫裡展開了一場混戰。

沙麗的眼神本來一開始並沒在王小軍身上，待見他提了一隻箱子這才喝道：「把東西放下！」

王小軍壓低聲音道：「別喊，是我。」

沙麗愕然道：「你是誰？」

王小軍很快得出一個判斷：沙麗雖然知道真正行動的時間，卻不知道這個所謂計畫的真正內容。他單掌一擺，喝道：「讓開！」

這一掌雖然打得似是而非，招式上借鑒了蓮花掌和鐵掌共同的風格，但他用上了五成力道，沙麗只覺惡風撲面，再次驚詫道：「你是誰？」

她抽身而退，右掌直擊王小軍肋下，單憑一掌她已知道此人難以力敵，所以這一招攻敵之必救，先旨在把人留下。

而王小軍現在的目的也很明確：帶著這個箱子走，只要有箱子就有證據，事後再來找綿月的麻煩！這也是他最後的辦法──破釜沉舟，利用紅組普遍武功低、藍組敵我不分的條件，渾水摸魚殺出一條血路。

就在王小軍和沙麗交手的同時，他的眼神掃視著周邊的情況，紅組在少了一人、且武功遠低於藍組的條件下，一開始就陷入苦戰，除了丁青峰和孫立勉強打了個僵局之外，武經年和梅仁騰皆被對手耍得團團轉，千面人要不是想讓戰鬥看起來更逼真一些，他早就有機會逃走了。

當王小軍在觀察同組人的時候，那些人也在打量著他這邊的進展，神色交錯，王小軍忽然發現這些人的眼神裡滿是狠戾、戒備以及幸災樂禍！就像看幾世的仇人終於在現世倒了楣一樣。

王小軍一驚，不知是不是自己看錯了，他索性喊道：「幾位，誰來幫我擋一下這個妞？」

余巴川應聲道：「我來！」他閃電一般殺向沙麗，眼瞅一掌就要引開沙麗的注意，眼中精光一閃，冷不丁轉變方向，奔向王小軍的小腹襲來，王小軍探手還了一掌，余巴川卻不接招，飄飄然地從他和沙麗身邊飛了過去。

司機淡笑道：「這老兄怎麼幫起倒忙來了？還是我來吧。」

他臂隨肩擺，把武經年送出去老遠，隨即也是貼身撲向沙麗，好巧不巧的，在最後時矛頭又對準了王小軍，他掌上勁力怪異，似柔非柔，回力無窮，二人對了一掌，王小軍竟沒討到半分便宜。

沙麗瞠目道：「這……你們……」

不但她搞不清狀況，連武經年、梅仁騰等人也看得驚奇不已，這兩個「劫匪」明明和他是一夥，然而卻對同夥實施了偷襲，如此一來，就相當於兩名同夥加上沙麗在對他進行圍攻！

王小軍這時半是迷糊半是恍然，但這一切都已不重要了，現在最重要的是能逃走。

他把箱子放在腳下，晃動雙掌和對面三人打成一團，這一次，他已顧不得什麼，所以用的全是鐵掌三十式裡的招式。

沙麗看了幾招，不禁意外道：「你這套掌法……」

這時王小軍一不留神被余巴川揭掉了面罩，沙麗驚呼：「李浩？」

司機陰惻惻道：「他可不是什麼李浩！」話音未落，他已扯掉王小軍臉上的偽裝。

這一回不光沙麗，連武經年和丁青峰也都驚叫起來：「王小軍?!」

被利用、被誤會、被設計，這一切都沒關係，既然是自己選的，那就無怨無悔，然而王小軍的一顆心還是不斷地往下沉，不是因為真面目被揭穿，他第一次用近乎乞求的口氣對著冥冥之中懇求：「千萬不要在這時候！」

——王小軍的一雙手掌灼熱難當，同時，這種熱辣的感覺在奇經八脈亂竄——鐵掌幫反噬的詛咒終於在他身上應驗了！

余巴川和司機本來對王小軍頗有戒懼，這時忽見他招法凌亂，余巴川忍不住嘿嘿冷笑道：「那位猜得果然沒錯，老王身上的火燒到小王身上了！」

王小軍一陣沮喪，人家早就對他的身分心知肚明，甚至連爺爺把功力傳給自己並且出了問題也猜到了。

司機沉聲道：「沒時間聊了，把他留在這再說！」

他和余巴川一前一後夾擊王小軍，沙麗錯愕不已，有了這兩名高手，自己倒顯得多餘，而她也不知道是該幫誰好了。

王小軍這時體內熱線亂躥，雙掌已經由灼熱感漸漸麻木，這就導致他出招不但力道不能收發由心，連動作也嚴重失控起來。

余巴川在前面一引，把他奮力擊來的一掌引開，就聽司機在他身後嘿嘿冷笑道：「王小軍，你抬頭看看。」

請續看《這一代的武林》拾 鬥志如虹

這一代的武林 玖 藏龍臥虎

作者：張小花
發行人：陳曉林
出版所：風雲時代出版股份有限公司
地址：10576台北市民生東路五段178號7樓之3
電話：(02) 2756-0949
傳真：(02) 2765-3799
執行主編：朱墨菲
美術設計：吳宗潔
行銷企劃：林安莉
業務總監：張瑋鳳

初版日期：2019年5月
版權授權：閱文集團
ISBN：978-986-352-680-3
風雲書網：http://www.eastbooks.com.tw
官方部落格：http://eastbooks.pixnet.net/blog
Facebook：http://www.facebook.com/h7560949
E-mail：h7560949@ms15.hinet.net
劃撥帳號：12043291
戶名：風雲時代出版股份有限公司

風雲發行所：33373桃園市龜山區公西村2鄰復興街304巷96號
電話：(03) 318-1378
傳真：(03) 318-1378
法律顧問：永然法律事務所 李永然律師
北辰著作權事務所 蕭雄淋律師

行政院新聞局局版台業字第3595號 營利事業統一編號22759935
©2019 by Storm & Stress Publishing Co.Printed in Taiwan
◎ 如有缺頁或裝訂錯誤，請退回本社更換

定價：280元　　特惠價：199元

版權所有　翻印必究

國家圖書館出版品預行編目資料

這一代的武林 / 張小花著. -- 初版. -- 臺北市：風雲時代,2019.03-　冊；　公分

ISBN 978-986-352-680-3（第9冊；平裝）

857.7　　107018081

風雲時代

風雲時代 風雲時代 風雲時代 風雲時代 風雲時代 風雲時代 風雲時代